WITHDRAWN
FROM STOCK

Los Libros del Aleph

El tiempo principia en Xibalbá

Novela

LUIS DE LIÓN

EL TIEMPO PRINCIPIA
EN XIBALBÁ

BANCAFE
GRUPO FINANCIERO DEL PAIS

magna terra
editores S.A.

© Herederos de Luis de Lión
© de esta edición:
2003, Magna Terra editores S.A.
5ª avenida 4-75 zona 2 Guatemala, C.A.
Teléfonos: 238-0175, 250-1031, 251-4298
Tel/fax: 251-4048
Correo electrónico: magnaterra@hotmail.com
© Bancafé
Ave. Reforma 9-30 zona 9
Teléfono: 331-1311

ISBN: 999-22-69-31-6
Impreso en Guatemala
Agosto, 2003

Diseño
Colección: José Bolaños
Portada: Pamela Guinea / Juan Carlos Aguilar
Ilustración de portada: Juan Carlos Aguilar

Esta edición estuvo a cargo de
Ariel Ribeaux

© Todos los derechos reservados.
Esta publicación no puede ser reproducida, ni en todo
ni en parte, ni registrada en o transmitida por, un
sistema de recuperación de información, en ninguna
forma ni por ningún medio, sea mecánico, fotoquímico,
electrónico, magnético, electroóptico, por fotocopia,
o cualquier otro, sin el permiso previo por escrito de
la editorial.

A Mayarí e Ixbalanqué

PRIMERO FUE EL VIENTO

Llegó como jugando, brincando por todas partes, sacudiéndoles los pantalones tierrosos a los hombres cansados, aburridos, asueñados; rascándoles la panza a los patojos; metiéndose debajo de las naguas de las mujeres, lamiéndoles las canillas chorriadas, estacudas. —Ve que aire más baboso — dijo una. Bastó conque le dijeran eso y como quien se enoja por puras simplezas, abrió la trampa y... Ya no se oyó nada. Ni el mismo viento. Como si el ruido fuera el silencio. Los hombres que chupaban sus cigarros en las esquinas fueron separados de un solo golpe, y corrieron, empujados, detrás de sus sombreros —barriletes blancos que se perdían en el tizne de la noche, mujer antigua que de tan vieja y ciega no halló dónde esconderse y se quedó patasarriba entre las calles del pueblo; los chirises que todavía jugaban en los patios se fueron rodando en las pendientes de los sitios, seguidos de las nanas que, más volando que corriendo, se lanzaron en sus alcanzas hasta agarrarlos de una pierna, de un brazo, y regresarlos, con todas sus fuerzas, a las casas. El viento abría y cerraba las puertas, eran por gusto las trancas, las llaves, los candados; el viento rompía los cercos, despedazaba los techos de paja, se llevaba las hojas de lámina, quebraba las tejas, se metía debajo de las camas, llenaba de tierra todo, se revolcaba entre las ollas, las quebraba, mataba a las gallinas, rasgaba la ropa de la gente, mordía la carne y sobaba su lengua áspera y roma hasta más allá del corazón, en el mero fondo de la vida. Acurrucada, amontonada, la gente grande escondía a los patojos, mientras afuera, rechinando, pujando, llorando, algunos mejor se dejaban caer al suelo para no ser abatidos, los árboles buscaban a los pájaros y, locos, las alas quebradas, empedidos de huir con dirección a las estrellas, moribundos, algunos ya ni siquiera mediovivos, los pájaros buscaban a los árboles. Pero no duró mucho. Tardó el tiempo en que vos le das la vuelta a tu cocina, pero despacio despacio como si tuvieras reumatís. Tardó eso y se fue. Todos se dieron cuenta que de repente como que encontró el camino y se fue en busca de otras gentes de otros lugares. Porque no era viento. Era un animal con forma de viento. O una gente con forma de animal. Pero entonces, al sólo éste dar la vuelta en la última esquina y meterse en la paré de cipresales de la carretera, vino lo otro.

Eso fue de este lado, de donde sale el sol. De allá donde termina el llano, pasadito el alambrado, más arribita de donde los pinos silban y silban al palo de señorita, exactamente donde en el invierno baja una corriente de agua que forma una caída de chayes entre las piedras. Toda la gente pensó que era porque querían las gallinas, los pájaros, que porque el viento les había pasado dejando el olorcito de la sangre. Pero no. Después se supo que no. Un hilo fue lo primero que se oyó. Un hilo largo, largo, largo. Después, al primer hilo se unió otro. Después, otro. Y otro. Y al poco rato entre todos habían tejido una salve de muerto que se alargaba y encogía. Entonces, los chuchos salieron de donde se habían escondido durante el viento, caminaron para las puertas de calle, se sentaron y, mirando para donde el sol se desbarranca, empezaron a hacer coro largamente, como quien se saca por la boca una pena con forma de lombriz solitaria. Los aullidos de los coyotes y los chuchos taparon la aldea. Amontonadas todavía, las gentes se quedaron mudas; querían hablarse pero las bocas ni se cerraban ni se abrían. Eran las manos y las caras las que con señas y arrugas lo decían todo. Pero el trapo se rompió. Sólo quedaron pedazos. Como si le hubieran metido un machetazo. Las hilachas de aullido que estaban cerca de las trompas de los animales fueron recogidas, tragadas otra vez, rápidamente, pero las otras tardaron mucho en deshacerse en la noche de los oídos asustados.

La gente entonces intentó desamontonarse, decirse algo, pero tuvieron que seguir juntos y callarse. Porque entonces ya no fueron ni el viento ni los coyotes y los chuchos los del ruido. Fue la misma gente. Oyeron cómo de repente sus dientes chocaron unos contra otros para sacarse chispas y calentarse, sintieron cómo se les quebraban los huesos y el pellejo se les chupaba como si quisiera ponerse al revés buscando algún sol que hubiera adentro. Las mujeres metieron a los patojos debajo de sus naguas deseando regresarlos al lugar de donde los habían sacado, mientras los hombres se desamontonaron por un momento y, bailando, bailando, buscaron leña y atizaron el fuego. Pero fue lo mismo. De nada sirvió. Entonces, no atinando qué hacer, congelados hasta los pensamientos, se acercaron otra vez a sus mujeres y sus hijos para calentarlos y calentarse con ponchos, con tusa, con costales, con sus cuerpos, con lo que hubiera a la mano. Del otro lado de las paredes, de los cercos, los árboles tronaban enjutándose, buscándose con sus ramas, con sus hojas, queriendo hundirse en la tierra, juntarse a sus raíces, y los chuchos, desesperados, abrían portillos en los ranchos o se hacían un nudo entre ellos mismos. Pero pasó. También se fue. Todos oyeron, sintieron cómo al fin se levantó, echó sus costales de hielo a la espalda y se fue en dirección a donde se había ido el viento, por donde habían aullado los coyotes.

Entonces cayó sobre la aldea un tecolote mudo, zonzo, triste, un silencio tan espeso que no dadan ganas de decir una sola palabra, dar un paso, respirar. Como si todos los ruidos se hubieran juntado y dado vuelta para darle forma a ese silencio que exigía más silencio. Un hombre, el más bravo del pueblo, el más diagüevo, otro no lo hubiera hecho, se desesperó tanto que hizo un disparo al aire. Todos respiraron. Pero fue pior. Porque entonces, después de haberse apagado el balazo, todo pareció como antes de la vida, como antes del mundo. Como en el tiempo de la nada. Una semilla que reventara era una bomba, un grillo que cantara una ametralladora. Los únicos que sostenían la vida, que aseguraban que había vida, eran los relojes con su tic tac en los altares de los santos. Pero empezaron a caminar lentamente, con una pereza de años, de óxido, de muerte. Y cuando las agujas horeras y las agujas minuteras se juntaron, el tic tac se calló. Entonces el miedo que estaba en el pellejo del presentimiento se volvió un animal que se puso a arañar, como los chuchos, en las puertas de los corazones.

Apenas se oyó. Apenitas. Fue como si la señora Honoria, la bruja que murió sola en su cama y que vivía en la última casa del pueblo, juntara sus huesos viejos, podridos, se levantara, reuniera sus chunches y, ante el desprecio del pueblo que no la quería, dispusiera irse a otra parte.

Tra–ca... tra–ca... tra–ca...

La carretilla venía. Sí. De allá de por donde se asomó el viento, a donde se dirigían los aullidos, de por donde entró el frío, el silencio, venía. ¿O sería la señora Pancha que a estas horas iba con su venta a tomar la camioneta que pasaba a la una por la Calle Rial? Pero la señora Pancha, la viajera del pueblo, no vivía por el cementerio. Ni ninguna otra. Nadie, pues. Ni los recuerdos. Sólo los que ahora eran una mata de chipilín, de macuy, una flor de cruz, una campánula, un gusano gordo, una hormiga.

Tra–ca... tra–ca... tra–ca...

La carretilla caminó las dos cuadras que había del cementerio al pueblo y paró.

Y entonces empezó el baile...

Haciendo rechinar los goznes de sus brazos, de sus rodillas, de sus caderas, escupiendo la saliva blanca de su carcajada, se puso a bailar al compás de la marimba de sus costillas.

El baile se oía en todo el pueblo. Se oía la marimba como si fuera el día del convite. Sólo que alegremente triste. Y la gente no salió a ver, a gozar, sino que, recogiendo hasta sus más escondidos pensamientos, se metió dentro de sí misma con la esperanza de que la fiesta terminara pronto, ya no siguiera.

Arriba, clavadas en el gran techo de lámina azul, las estrellas temblaban, imposibilitadas de reunirse y darse ánimo.

Abajo, con cara de brutos, los patojos no entendían qué sucedía, por qué sus tatas más los acurrucaban, más los abrazaban con fuerza, más los cubrían, por qué les ponían y se ponían tapones de cualquier cosa en los oídos.

Al poco rato terminó el baile y empezó otra vez la carretilla...

Tra–ca... tra–ca... tra ¡cas! (chocó contra una piedra), traca–ca... tra ¡cas! (otra vez).

La carretilla se detuvo en la puerta de calle de la primera casa. Entonces, la que la llevaba, después de mirar para adentro con los soles negros de sus ojos, se puso a bailar otra vez.

Y así en todas las puertas de calle de todas las casas.

De arriba a abajo, del cementerio a la Calle Rial, en orden, hasta no dejar un solo lugar. Todo lo recorrió. Hasta el último rincón.

Pero no regresó como era su costumbre. Sólo se oyó que como que empujó la puerta, la puerta de calle de la casa de alguno del pueblo. Nunca se supo la de quién. Pero sí se pensó que fuera la de un moribundo que tal vez no sabía que iba a morir tan pronto.

Seguramente quería llevarse en su carretilla el anticipo de su alma. Pero a saber. Porque ya no se oyó el tracatraca.

Que si rayabas la pared de la calle con un lápiz, con un carbón, una piedra, era como si tu sombra misma la fuera borrando.

Que si abrías la puerta —no, no había que pedir permiso, ni tocar, ni llamar, sólo era cuestión de jalar la pita y entrar como si fuera tu casa— había que preparar los ojos para ver el jardín, su bella blancura asesina.

Que si entrabas al cuarto de los santos —éste es uno de los dos cuartos que formaban la casa situada al fondo del jardín, casa de adobe repellado y encalado, con techo de tejas, casa a la que se llegaba después de subir cuatro gradas y atravesar un breve corredor refrescante— menos tu alma, todo el resto era como el jardín y el exterior de la casa: sobre una mesa que tenía una carpeta blanca y una vela eterna, un cuadro en el que había un Cristo de la Resurrección, otro en el que había un Cristo sepultado y, ocupando el lugar principal, es decir, el centro, otro en el que había una Virgen de Concepción, y abajo, otro en el que había sólo almas tomadas del brazo por ángeles que volaban hacia un cielo de nubes.

Que si de este cuarto pasabas al de él —éste era el otro, cuarto pequeño, sin ventanas, casi cerrado como un huevo, con una sola puerta que daba hacia el de los santos, menos vos, todo —la cama, las sábanas, la almohada, todo era como si fuera otro altar, otro jardín, otra pared de la calle, de la casa.

Que si de allí caminabas diez pasos hacia la izquierda —diez pasos eran porque yo los conté muchas veces—, y entrabas al pequeño rancho que era la troje —de paja—, no, ya no te extrañaría no encontrar una sola mazorca de maíz amarillo, o negro, o pinto.

Que si de la troje pasabas a la cocina —otros diez pasos, no me equivoco, también los conté— la única excepción al color de los trastos de peltre blanco y sin abolladuras era, no la ceniza –gris– ni el hollín –negro desde luego pero escaso– sino la soledad, la ausencia de algo sin nombre pero que tenía un color oscuro.

Y en fin, si cuando ya ciego salías de la casa, todavía tus ojos podrían encontrarse –entrever– en la puerta de calle con una sombra, blanca como su pelo canoso, como su esclerótica, como su sonrisa, como su traje –sólo camisa y pantalón–, que venía de borrar con una brocha y una cubeta de agua encalada lo que vos habías hecho en la pared antes de entrar a su casa.

Y sólo entonces comprendías que si eras un niño debías dejar en la puerta de calle tus carritos de madera, tu rueda, tu pelota de trapo, tus cincos, limpiarte el polvo en verano o el lodo en invierno antes de poner un pie en la casa, amarrarte las manos traviesas con un lazo invisible. O llegar acompañado de tu nana –o tu madre, según como vos la llamés– para que ella te dijera: –No hagás eso, ve que el señor se puede enojar. Aquí todo está limpio y vos ya lo vas a ensuciar. Aunque él te mirara a vos y mirara a tu nana y le dijera: –No tenga pena, señora, puede hacer lo que quiera. Así son los patojos. Y lo decía y podías hacerlo. Podías dejar en el suelo cáscaras de banano, pepitas de jocote, basura, piedras y mierda; podías poner tu mano encima de las sábanas y dejarlas marcadas. Pero tu madre –o tu nana– comprendía que no, que podías hacer lo que quisieras pero que no debías hacerlo porque inmediatamente que ustedes salieran él agarraba la escoba para barrer la basura, el polvo o la mierda que vos hubieras dejado y recogía las sábanas ensuciadas por vos y en ese mismo rato se ponía a lavarlas.

Pero también comprendías que cuando ya fueras grande y tuvieras necesidad podías llegar a buscarlo –si todavía estaba vivo– como lo hacía tu nana –o tu madre– para pedirle te prestara unas libras de su maíz blanco con la promesa de devolvérselo cuando vos tuvieras tu cosecha, y que aunque no le cumplieras podrías llegar nuevamente a pedirle, luego de un tácito olvido de ambos.

O que si ibas en nombre de la iglesia o de un tu difunto a pedirle te regalara unas flores, ya sabías que regresarías, además, con limosna.

La Virgen de Concepción era una puta.

Yo no la conocí. Pero la recuerdo.

Por ejemplo, recuerdo que su cuerpo estaba lleno de pájaros, de tal manera que cuando uno se embrocaba encima de ella, antes de ascender a los cielos por fuerza las manos tenían que convertirse en jaulas para que ninguno se escapara. Recuerdo también que, a pesar de las ganas con que recibía a los hombres, si le daban dinero lo recibía, pero no lo exigía porque el asunto estaba en que veía el mundo por los ojos de las canillas. Y que, además, era incansable, pero no perdía su cara de trece años, o sea, el tiempo en que alguien descubrió que se parecía a la Virgen de Concepción que había en la iglesia y de donde le venía su apodo: el mismo pelo, la misma cara, los mismos ojos, las mismas pestañas, las mismas cejas, la misma nariz, la misma boca y hasta el mismo tamaño, con la diferencia nada más de que era morena, que tenía chiches, que era de carne y hueso y que, además, era puta.

Yo no la conocí. Pero la recuerdo.

Recuerdo la noche de su casamiento...

Tendida sobre la cama, nerviosa, ansiosa, dudosa, sintió como su hombre le levantó el fustán sólo hasta la barriguita, se sacó algo de la bragueta de su calzoncillo, se la puso en la puerta rodeada de negros alambres que tenía en medio de su cuerpo y empezó a metérsela. Pero se la sacó de repente y le dijo:

—¿Qué tenés entre las canillas, vos? Parece como si fuera la entrada del infierno.

Recuerdo que lo creyó un insulto. Tenía quince años y era la primera vez que saboreaba la vida. De tal manera que sintió que las palabras violaban sus oídos de pajarita ingenua.

Pero no lloró como lo haría después, cuando un hombre se subía a su cuerpo. Entonces se le humedecían los ojos.

—Claro, de la pura felicidá —decían los hombres.

Pero el tiempo es una mierda. Porque empolla los huevos o los engüera. Y a uno se lo lleva como si fuera a caballo y sólo después uno se da cuenta de que ha dejado tirado el sombrero. El tiempo es una mierda cuando uno se da cuenta de que no viene sólo por joder. Y fue éste el que le hizo comprender a ella que de verdad lo que tenía entre las piernas era la entrada del infierno, aunque su marido después le dijera en cualquier momento de cualquier lugar, como si tuviera la misma gana de antes del matrimonio.

—Cielo.

—No, hombre, ve que puede venir gente.

—¿Y a vos qué te importa?

Porque conforme el tiempo pasaba, ella se iba llenando de más pájaros en todo su cuerpo. Y esos pájaros eran hambrientos y él tenía que alimentarlos. Entonces se fue poniendo puro huesito de la buena tuberculosis. Y se murió.

Yo recuerdo que entonces comenzó su putez. Pero una putez honrada y bajo la mirada de sus tatas, a cuya casa que estaba enfrente de la iglesia tuvo que regresar, y no con un hombre del pueblo sino que con alguien de otro lugar que la vigilaba noche a noche montado en un orgulloso caballo. También recuerdo que cuando toda la gente creía que un día de tantos ya no amanecería en su casa, ella misma le dijo que ya no regresara, y todo terminó para él pero siguió principiando para ella.

Pero no fue tan rápido.

—Hay que tener cuidado. Esa mujer tiene sombra —les decían las nanas a sus hijos.

Pero por fin probó suerte un muchacho del pueblo, y por un tiempo la cosa marchó entre dudas de la gente y alegría de él hasta que ella le dijo también que ya no.

—¡Puta de mierda! —comentó él en la esquina—. Es caliente como el verano, pero no quiere a ningún hombre.

Que no tenía sombra era cierto. Porque este muchacho vivió hasta su muerte. Que todos esperaban qué resultados había también era cierto. Porque él había prometido casarse con ella. Y uno por uno empezaron a rondar la casa. A veces la llamaban con silbidos disimulados; a veces con toquidos fuertes en la puerta de calle. Ella ya sabía para qué y, antes de que sus tatas salieran, salía.

—Qué querían.

—Un mandado, tata.

Sí, al mandado y no al retozo.

Si no se hubiera metido con un casado hubiera seguido viviendo en la casa de sus tatas que se daban cuenta de todo, pero que nada podían hacer. Era su hija. Pero el tufo del rosario de maldiciones del padre salió un domingo del púlpito a la calle y de la calle entró directamente a los oídos de sus tatas.

—Te vas de aquí. Nosotros no queremos que la sal que vos tenés encima nos caiga a nosotros.

La exigencia era que había que echarla del pueblo. Pero simplemente se mudó a otro rancho donde, solitaria, actuaba con más libertad. Mas el padre no cedió fácilmente y, poco a poco, de rancho en rancho, de calle en calle, la fue empujando hasta el último rancho de la última calle en donde se detuvo. Y de allí ya no pasó.

Y fue por gusto que el padre se siguiera deshaciendo en más y más maldiciones desde el púlpito, y luego que él mismo llegara a decirle que se fuera del pueblo. Allí se detuvo. Que acudiera a las autoridades. Allí se detuvo. De allí para adelante era como si ya no hubiera aire. Y las mismas autoridades no se movían del lugar sino de vez en cuando y de noche para ser recibidas por ella con la misma gana y con las mismas lágrimas con que recibía a todos. Fue por gusto que las mujeres –madres maduras, madres jóvenes, madres abuelas y solteras– le hicieron la señal de la cruz, le quemaran chile seco, la maltrataran, le quisieran pegar. Allí se detuvo. Y por ser un lugar solitario, con más libertad recibía a abuelos, padres e hijos para que, o agotaran sus últimas reservas, o variaran un poco, o se estrenaran o reestrenaran. Lo recuerdo bien: era su mejor y último reino. Y allí tenía que detenerse como una mancha invisible y tenaz, aunque fuera en el lugar más escondido del pueblo.

Entonces, total, que el padre por fin se aburrió y por un momento la gente creyó que un día de tantos él también, en una de sus venidas al pueblo, no pasara primero a la iglesia sino que siguiera recto y zumbando para el rancho maldito, se acostara con ella, enjaulara pájaros y por un momento ascendiera por primera vez al cielo y de agradecimiento se lo llevara a la iglesia. Si ella estaba en su apogeo, como quien dice en la mera cumbre. Era el tiempo en que le dio por llorar de la pura alegría. Y ni modo, era sabroso, riquísimo, gozar seguido ese rito lacrimoso con el que ella recibía a los hombres, los hacía soñar como si de verdad estuvieran sobre la auténtica Virgen de Concepción, aunque quienes lo cuentan no lo digan. Indios al fin.

Y tal vez fue ese sueño. No cabe duda. No podía un hombre como él juntarse con otra mujer que no fuera la Virgen de Concepción. Lo cierto es que cuando menos lo esperaban todos –hombres y mujeres– del rancho maldito donde de noche le hacían compañía, además de hombres, ratas, cucarachas, grillos, alacranes, pulgas, y un señor de San Felipe todo viejo y borroso en su cuadro, ella pasó a vivir a la casa que era como la segunda iglesia, la casa blanca.

Dice la gente que todos sintieron como si tuvieran moho encima. Yo recuerdo que más bien se sintieron blancos y que sólo a él lo veían negro, o por lo menos a punto de ennegrecerse. Recuerdo también que él no era un joven. Ya tenía sus años, y los pocos que le faltaban antes de irse al cementerio encerrado en una cajita blanca como de niño, bien pudo haberse aguantado las ganas y distraído su pensamiento en cosas no malas. Pero no fue así.

Recuerdo también que la mañana en que ella salió de la puerta de calle de la casa blanca, la gente se llevó un susto, que la primera mujer que la vio corrió con la noticia a la pila, a las tiendas, a la carnicería y que cuando ya no tuvo a quien decírselo, se quedó muda por un tiempo hasta que el padre le echó los evangelios.

Y de ahí principió el miedo. Por eso, quienes lo encontraban le hacían la señal de la cruz adentro de las bolsas de sus pantalones o escondiendo la mano en los rebozos, y se hacían a un lado o se regresaban o no le hablaban haciéndose los desentendidos, los que iban pensando en otras cosas. Tenían miedo de que la negrura que lo había invadido a él, a su cama y a su casa, también los invadiera a ellos, y, aunque tuvieran necesidad, ya nadie llegó a su casa, no tanto porque habiendo ya para quien su dinero y su maíz y sus flores no les diera nada, sino porque su blancura ya era negra.

Pero había qué verlo a él como si nada.

También recuerdo que se casó.

Que un domingo (que para él fue como todos los domingos juntos) le dijo a ella:

—Vos, ¿todavía tenés tu vestido blanco con el que te casaste?

Ella le dijo que sí.

Cuando entraron a la iglesia, ya la misa hacía rato que había principiado. Y nadie los esperaba. Ni el padre, ni la gente, ni la iglesia, ni los santos. Ella, desde que el padre la había descubierto públicamente de que se metía con un hombre casado, no se había atrevido a llegar otra vez a la iglesia; él, desde que se había llevado a la Virgen de Concepción a su casa, como si ésa sola fuera su única vergüenza, tampoco había llegado otra vez a la iglesia. Por eso, cuando las campanas llamaban a misa, ellos ya sabían que no los llamaban a ellos, que más bien les decían que se fueran, que abandonaran el pueblo. No, las campanas no los habían llamado a ellos pero entraron al templo, de la mano, y ambos de una blancura tan blanca.

Todos tenían la cabeza agachada y el padre en ese momento levantaba la hostia. Todos murmuraron algo y el padre volvió la vista y la hostia cayó de sus manos. Hubo quienes se levantaron, sólo esperando que el padre les dijera que los sacaran. Pero el padre se inclinó, recogió la hostia y continuó oficiando. Tal vez no había visto bien, tal vez no pensó que la pareja llegara a tanto atrevimiento. Los que se habían levantado se hincaron nuevamente, aunque disgustados, aunque confundidos, aunque inquietos como el resto de la gente. Pero ellos, aunque miraban las miradas que los miraban y de los ojos cómo saltaba el odio, no se detuvieron ni a la entrada ni a media iglesia sino hasta llegar a la barandilla del altar mayor, donde se hincaron. Iban como dos palomas. Blanca la cara por el miedo y blanca la ropa por el acontecimiento. Como los murmullos crecían, el padre tuvo que volverse nuevamente y vio. Primero, vio las caras adustas, arrugadas y disgustadas de la gente que lo miraba a él como a un juez de repente flojo; vio la nave inmensa de la iglesia donde la gente esperaba no naufragar nunca y cuyo capitán parecía temblar de pronto, pese a estar anclado para siempre en la tierra; vio más allá de la iglesia como buscando a Dios, no en los santos ni en la hostia ni el Cristo de madera que no lo miraba, pues tenía la cabeza agachada de tanta muerte, sino en el cielo enmarcado en la portada del templo que como que se alargaba como un túnel; se vio el alma porque cerró por un momento los ojos para verse por dentro; y, finalmente, los vio a ellos. Los vio puros como si él cargara todos los pecados de ella y ella llevara toda la blancura de él y les sonrió.

–Queremos casarnos, padre.

–Sí –les dijo el padre–. Así veo.

Atrás, la gente se había levantado de sus asientos y se había arremolinado en torno a la pareja. La voz del padre les había parecido extraña, como salida de un santo de madera ya podrido por dentro, a pesar de sus sobrepellices y sus estolas. Y pensaron que aunque nunca había pasado al rancho maldito para dormir con ella, sí había tenido esa tentación de hombre. Pero cuando se hincó, rezó profundamente y hasta lloró como si quisiera lavar él la primera mancha, la que le correspondía y, ya sereno, se volvió hacia la pareja y puso a disposición de los ojos de la gente por primera vez una cara de ángel: todos se pusieron mansos por milagro.

Y mientras la breve ceremonia del matrimonio se desarrollaba, todos los que la habían conocido a ella, los que sabían de su sabor, de su calor, de sus suspiros y de sus lágrimas, agacharon la cabeza, el alma vuelta una catarata de espuma hirviente, y las mujeres, como para lavar una mancha que también les había caído por carambola, se pusieron a cantar:

Ave,
Ave,
Ave María...

Recuerdo que fue la misa más larga que había habido hasta entonces, pues para las otras, el padre llegaba con prisa para terminar pronto y sólo se detenía en el sermón por un rato para predicar en contra de los protestantes, de los que no había ni uno en el pueblo; en contra de los liberales y los masones, que eran parecidos a los protestantes, pero de los que nadie conocía ni uno para muestra, y de vez en cuando también en contra de los comunistas, que para la gente del pueblo era como oír hablar de una España lejana y perdida entre el mar o como un libro raro llamado Popol Vuh, y finalmente, en contra de la

Virgen de Concepción que era como el resumen de todo, según el padre: protestantismo, comunismo, masonería y liberalismo, y que todos entendían perfectamente porque les era familiar y cercana. Esta vez, sin embargo, no hubo sermón expiatorio.

Y cuando la misa terminó, todos salieron de prisa al atrio de la iglesia para observar a los recién casados que, como un par de condenados a muerte a quienes de repente se les perdona la vida, agarraron para su casa, alegres pero humildes.

Y desde ese día, la casa negra volvió a ser blanca en la lengua de toda la gente que sólo esperaba que la manchara de lodo, basuras y travesuras el niño-milagro para que, aunque sucia, pareciera más blanca. Y durante muchos días la gente, que nuevamente volvió a saludarlo a él, a recurrir a su casa en busca de caridad, esperaba en vano que de repente a ella se le viera comiendo jocotes verdes, limones y cuanta fruta ácida hubiera a la mano, y como veían que nunca, pues se le quedaban viendo, examinándole el cuerpo para ver si se le iba poniendo pálida la cara, si se le iba llenando de manchas y si la barriga poco a poco se le iba encumbrando. Pero al revés de lo que no se esperaba, pasaron uno y dos años y el cuerpo de la Virgen de Concepción siguió así de igual.

Y es que desde hacía tiempo se sabía que cuando ella había conocido al primer hombre y que luego, cuando había sentido los dolores del parto de un niño que nació muerto, había establecido la diferencia entre las dos sensaciones y se había propuesto sólo saborear la primera y ya nunca volver a dar ni a luz ni a muerte; y que desde entonces se bañaba sólo cada mes, pero durante sus tres días difíciles, tomaba por agua de tiempo un fresco, primero hervido y después frío, de mirto, hojas de chocón y miel blanca; y que cuando supo que si una papera caía al vientre la gente se quedaba inútil, ella se había dejado caer todas las que de vez en cuando le resultaban hasta quedar vacunada contra los espermatozoides.

–Babosa soy si vuelvo a tener otro hijo –decía–. Yo sé que algunos me quieren joder, pero qué.

Pero ahora eso no debería ser así. Ahora estaba no nada más juntada sino casada y con un hombre que había que ver y el milagro de su embarazo tenía que producirse decían las mujeres, en tanto los hombres aseguraban que aunque sobre ella pasaran todos los hombres de la tierra y hasta ese como santote que era su marido, de todas maneras sería inútil.

Y así fue: el milagro de su embarazo no se produjo, pero sí otro, el más imposible, el que nunca la gente se habría imaginado: que él había apagado a la Virgen de Concepción sin dormir con ella.

El que descubrió que él no dormía con su mujer fue un muchacho a quien le habían entrado dudas acerca de cómo serían las noches de él y de ella, pues una tarde, mientras ellos cenaban en la cocina, había jalado la pita de la puerta de calle y, amparado por las sombras, se había puesto a esperar a que se fueran al cuarto donde dormían y había visto lo que ocurría después de que apagaban la luz poniendo oídos en la puerta y ojos en la cerradura de la llave. Las mujeres lo creyeron, pero los hombres no. Así que trataron de comprobarlo, desfilando en series y turnándose horas y horas para observar durante treinta días hasta comprobar que era cierto: que él se dormía como un angelito en su cama y ella como una virgen de madera en la suya, que antes de dormir cada uno rezaba sus oraciones, se envolvía en su respectiva chamarra, se persignaba, daba las buenas noches; que la luz se apagaba y que después sólo se oía el silencio o los ronquidos de uno y otra y otras cosas como vientos de estómago.

Recuerdo que entonces los hombres que todavía tenían dudas se convencieron, que alguno que creía que lo que pasaba era que él no era hombre sino menos que hombre, también se convenció de que no era ni lo uno ni lo otro sino que tal vez un santo y todos –jóvenes, hombres, abuelos– se mordieron la lengua por sacrílegos. Recuerdo también que sólo entonces muchos maridos dudosos pensaron que habían sido falsas sus apreciaciones y su desconfianza cuando sus mujeres iban a la casa blanca a pedir cualquier favor en dinero en maíz o en flores.

Pero lo que más recuerdo es que mucho antes de que se casaran y nadie supiera lo que ocurría en el cuarto, ella, antes de apagar la luz, se desnudaba toda, lo miraba, lo llamaba, le pedía favores, que ahora te toca a vos apagar la luz, que mirá que me duele aquí, que rascame en esta parte, que fijate que no tengo sueño, que tengo frío, que por qué no te venís a acostar conmigo, sin que él le hiciera caso, sin que él le volviera la vista, y que entonces ella se mordía la lengua, se dañaba los senos, se ponía a llorar y soñaba sueños peligrosos, y que cuando se casaron ella se puso feliz porque pensó que tal vez porque vivían sólo así él no le hacía nada, y que esa noche del matrimonio ella se preparó como si fuera la primer noche de su vida, pero como ni esa noche ni la otra ni nunca, antes y después del casamiento, él se quiso dormir con ella, mejor se propuso disimular que era feliz y punto.

A la mierda...

Juan Díaz, Pedro García, Daniel Machán, Luis Sacontó, Pedro Chonay, Miguel Sicán, Rafael Baeza, José Tajtaj, Benigno Julián, José León de León, Chico Pajpaj, Cruz Castellanos, Patricio Musín, Pedro Toribio, Santos Ventura, Francisco Aquino, Celestino Vivar, Chayo Pérez, Oscar Chilío, Emilio Aguilar, Juan González, Nicolás Chajón, etc., etc., calle por calle, casa por casa: casados, solteros, viudos y viejos, maduros, nuevos, con nombre, con apellidos, a veces con apodo cuando no se acordaba de los apellidos, como por ejemplo Chico, a quien le decían Pajpaj no porque ése fuera su apellido, sino porque era el cuetero del pueblo y los cuetes al estallar en el cielo hacían Paj...

paj; o como Oscar a quien le decían Chilío pero nadie sabía por qué, o como por ejemplo algún otro etcétera. Pero la interminable lista se volvió terminable. Se había levantado así, desnuda, envuelta nada más en el poncho de su piel de mujer caliente, había encendido la luz, había revuelto cajones, gavetas, rincones en busca de un papel y un lápiz, y luego se había dirigido a la pequeña mesa, cubierta por un mantel blanquísimo, que estaba enfrente de los santos, había jalado una silla, se había sentado en ella y, teniendo a las sagradas imágenes por testigos, se había puesto a garabatear los nombres de todos los hombres del pueblo. ¿Quién le faltaba en la lista? Volvió a repasar casa por casa de calle por calle. Y nadie. Todos habían puesto su lápiz en su vagina. Le habían dejado allí sobre su montaña su tinta semitransparente, su ejército de espermatozoides indios.

A la mierda...

Es imposible resucitar a los muertos, a los muertos jóvenes, a los muertos viejos, a las generaciones de muertos anteriores a ella, a los que nunca se elevaron como angelitos de pura carne hacia su cielo negro, no azul, que se abre hacia otro cielo, profundo como caracol, tampoco azul sino gelatinoso, en donde Dios bebe y jala el miembro como un perro. Imposible adelantar los nacimientos de los posibles hombres que ignoran el mundo, metidos todavía en las barrigas de sus nanas, o siquiera apresurar el crecimiento de los niños que juegan en las calles con sus trompos, con sus cincos, con sus pelotas de trapo, que juegan desconecta, que todavía se orinan en sus pantalones, que no saben ni limpiarse los mocos, que no saben quién es ella cuando la ven pasar, qué tiene adentro, qué lleva entre las canillas oculto por un trapo con forma de triángulo, qué sueños sueña.

Pero hay un hombre en el pueblo, bajo un rancho que ya se cae y en el camino que va para el monte. En este momento en que ella lo empieza a pensar está acostado, también está desnudo, también esta despierto, también está pensando, está con la mano en el miembro, sobándoselo, bajándose la capita de carne que le sirve de abrigo a su hongo, a veces con rapidez, a veces con lentitud, a veces se arrepiente y quita la mano, la recoge, se la lleva a la nariz, huele, aspira el olor a mar que hay en esa playa de su mano y se detiene en su habitual quehacer nocturno. Otras veces ha buscado un hoyo cualquiera para meter su miembro: un hoyo abierto en un mamón de guineo, el trasero de una chiva; otras veces, sin que se dé cuenta, muerto de sueño, hace erupción al roce del poncho y despierta y siente su calzoncillo anegado de electricidad líquida, blanca, helada, pegajosa. También él sueña.

Ella lo piensa, pero él no. Sabe que existe, sabe que en un lugar del pueblo, en la casa blanca, hay una mujer, mas no la piensa. Pero ella, ahora que ha terminado la lista, lo recuerda. Recuerda algo que sus tatas le contaban de ambos. Y, sin ponerse el calzón de seda que tanto ha gustado que se lo bajen lentamente, sólo se coloca un cotón, un fustán y el rebozo viejo con el que de niña siempre envolvió a sus muñecas, que eran mazorcas de maíz envueltas en trapos o algún palo.

Es, tal vez, medianoche.

Su marido duerme, él no se da cuenta, o si se da cuenta se hace el baboso. Se da cuenta porque se voltea, mira la sombra que ha terminado de colocarse la ropa interior, adivina adónde va, pero no le dice nada, se vuelve hacia la pared, se envuelve más entre los ponchos, mientras ella apaga la vela, camina, abre la puerta del cuarto, la cierra sin preocuparse del ruido, camina por el patio, abre la puerta de calle, la cierra, sale a la calle y se va bajo la noche.

Pero...

Mentira que ese año el cielo fuera chicoteado tanto por los rayos que su pellejo azul se haya puesto negro, redondo como nacido, y que durante todo el invierno, no aguantando a contener su sangre muerta y para seguir viviendo allá arriba, se haya agujereado el cuerpo y haya dejado caer sobre la tierra, sobre toda la cara de la tierra, su lodo de vida muerta a chorros, a torrentes como por tubos prendidos en la nubes hasta vaciarse, borrando las casas, el pueblo, los caminos, las siembras como si estuvieran pintadas con lápiz, arrastrando a mucha gente de la que sólo se encontraron después pedacitos de trapo, caites, huesos quebrados, lonjas de carne podrida prendidas entre las ramas de los árboles, a la orilla de los barranchos recién abiertos como heridas. Y que entonces, al terminar el invierno, el cielo que quedó haya sido otro, uno recién descubierto, cielo que bajó de más arriba, que se aproximó a la tierra hasta casi rozarla, limpio, sin nubes, estirado como ojo de indio, brillante, terrible como culo de botella, de donde caían los rayos del sol como leños ardiendo. Mentiras que haya sido en ese mediodía de ese verano, en el minuto en punto en que se partía en dos para llegar a invierno, cuando el sol calienta más a la tierra y a la gente se le metía en los ojos, se les bajaba a la barriga y les incendiaba el bosque del vientre.

Mentira que haya sido en ese momento, según le habían contado sus tatas, cuando los hicieron a los dos. Mentira que antes de que nacieran ya se buscaran, que hayan sido ellos mismos los que empujaron a sus respectivos tatas a que se amaran, a que los hicieran, a que los tuvieran. Mentira que mientras crecieran se miraran, se buscaran, se desearan. Ella lo recordaba. Mentira que sus respectivos tatas se hayan dado cuenta de que ya no se aguantaban las ganas y que sólo esperaran a que estuvieran a punto para casarlos. Mentira porque a ella no le importó que él se fuera al cuartel. Mentira porque a él no le importó nada saber que ella se iba a casar. Se miraban, sí, se deseaban, sí, pero como se mira o desea a cualquier mujer u hombre, no a alguien especial.

Pero ahora, si ella lo desea a él, es porque cree que es el único que puede darle lo que necesita, lo que nadie le ha dado, no porque lo ame. Es el único y por eso va en busca de él.

Pero él también la espera.

—Puches, ¿quién?

Ya ha abierto la puerta de calle, ya ha entrado, ya ha invadido el patio, el corredor del rancho; ya ha tocado una, dos, tres veces; ya su vagina tiembla, ya cree llegar al orgasmo definitivo, total, último de su vida; ya oyó lo que él le ha preguntado y contesta:

—... ¿quién yo?

Ella: su voz le es conocida. No la otra: su voz debe de ser extraña, debe de ser otra voz. Ésta es audible, se oye, tiene gracia. No la de la otra, la de la que le pega a uno purgación en todo el cuerpo hasta convertirlo en huesos, en polvo.

—La Concha, ¿verdá?

—Sí, la Concha. Vengo a buscarte.

Él esta noche no ha querido llegar al orgasmo solitario. Se ha bajado y subido la capa de carne una y otra vez y otra vez, pero luego se ha quedado a medio camino. Ya iba a arrojar la leche de su árbol que aún no ha dado frutos cuando de pronto se dispuso a esperar. ¿A quién? ¿A ella? No. Él no la piensa; la recuerda ahora que ha oído su voz, pero nada más.

Los gallos cantan.

Algún perro ladra.

Por allá, en el pueblo, algún niño llora.

Y él sale. Está desnudo, está como un sol vivo que espera alumbrar de noche. No, no la espera.

—Andate.

Está desnudo, está desnuda; su miembro está tenso, su vagina tiembla.

—Andate te digo.

Y ella se enfría, quisiera haberse traído toda la ropa, todos los ponchos, haberse puesto no el calzón de seda sino un costal, haberse metido un tizón para quemarse para siempre, para cancerarse el vientre y morir.

—Andate. No sos vos la mujer que yo espero.

Sí, él espera a la otra; a ella, la presente, si muere, si regresa años después, si reúne su polvo, si con ese polvo forma otra vez sus huesos, si con esos huesos camina.

—Andate, pues. Para eso tenés marido, ¡puta de mierda!

Y bajo los gallos que siguen cantando y el perro, los perros que siguen ladrando y pensando que detrás de los ranchos las mujeres duermen acurrucadas junto a sus hombres, agotadas, satisfechas, sin sueños, y mientras en algún lado del pueblo otro niño llora y su nana tal vez se despierta, le cambia el pañal orinado, saca de su cotón de manta la chiche timboncita de leche, se la acerca a la trompita y él empieza a chuparla vorazmente entre el sueño y el hambre, y mientras dos hombres siguen despiertos: uno esperando ¿a quién? y el otro vigilando la noche, ella regresa a su ¿casa?

Y empuja la puerta de calle, atraviesa el patio, empuja la puerta del cuarto de los santos, se pasa al cuarto de los dos y se tira en la cama. De pronto, recuerda: le falta otro hombre. Y se quita el cotón, el fustán, se baja poco a poco de la cama, sin hacer el menor ruido gatea, se levanta despacio y se tira encima del hombre que parece dormir, que parece roncar.

Pero el hombre inmediatamente siente que encima de él hay otra boca que le está robando el oxígeno y se defiende.

Es una lucha violenta, tensa, sacudida de sofocamientos, de ahogos, de sudor caliente que cae de la cara de ella, de sudor helado que cae de la cara de él. No es hombre, piensa ella.

Él también piensa lo que ella piensa de él. Y, mudo y helado, va cediendo. Porque ya ha sentido cómo las manos de ella le han aflojado el cincho, le han desabotonado el pantalón, se le han metido debajo del calzoncillo, y cómo el sudor helado se le va calentando, electrificándolo. Pero cuando siente que le baja el calzoncillo con la otra mano y que le toma el miembro y se lo coloca entre las canillas, todavía alcanza a decir:

—Concha, no sias puta.

Y sus palabras surten el efecto deseado: ella le suelta el miembro y lo mira. Es la primera vez que oye semejante palabra salida de la boca de él. Estaba sofocada y se enfría. Pero se recupera de pronto y le dice lo que ya antes había pensado y él había adivinado:

—Vos no parecés hombre.

Mejor no se lo hubiera dicho. El Juan chiquito, el Juan de abajo se aguada, y el Juan grande se enfría.

—Por favor —le dice ella, casi llorando. Sus palabras son de necesidad.

Afuera, otra vez, los gallos cantan y los perros siguen ladrando.

Ella se ha separado de él mientras lo mira y le habla. Espera. Piensa que algo va a producirse de repente. Pero lo que sigue es silencio. Entonces, nuevamente se tira encima de él, quemándolo.

Y él siente que ahora sí no va a poder, que ahora si no aguantará. Y la tira de un empujón, salta de la cama mientras ella cae patasarriba, sale corriendo, abre la puerta, sigue corriendo y al poco rato regresa.

—Concha, dejame dormir.

Pero ya es por gusto. Ya no tiene necesidad de enseñarle a ella el machete que trae en la mano. Ya no tiene necesidad de blandirlo, de demostrar por primera vez en su vida que es capaz de matar, que no es un hombre de paz.

Ella, en cuanto ve lo que trae en la mano, se levanta del suelo, se asombra y, sin decir ni media palabra, sale del cuarto y se va para la cocina. Ya allí toma la botella de gas, le quita el tapón y vierte un poco de líquido sobre los leños muertos; luego enciende un fósforo y se los deja caer. La llama se levanta inmediatamente, y, poco a poco, los leños carbonizados van tomando el color de la carne herida. Ella, sola frente al fuego, suspira y llora. Al poco rato, toma el leño más rojo y regresa al cuarto, abre la puerta, mira en la oscuridad y se detiene.

Él, escondido debajo de los ponchos, abre todo lo que puede sus pequeños ojos de ratón que tiembla. Tiene miedo. En su mano el machete también tiembla. El filo tiene pena de amellarse, quisiera ser romo. Pero también tendrá que mancharse de sangre.

Pero ella se tiende en el suelo, abre las piernas, hiende el leño en la oscuridad y, poco a poco, como un miembro, se lo va metiendo, se lo va metiendo sin una queja.

Un olor de carne chamuscada baña la casa blanca.

Y al poco rato, mientras él duerme, el olor de pelos y carne quemada se confunde con el perfume de las flores del patio y se riega sobre la aldea.

Sí, la misma babosada de siempre: el padre que viene a decir misa es otro pero tiene la misma cara de español y las campanas de la iglesia se desgastan desde hace siglos pero no se rajan, y nadie se atreve a hablar mal de Dios ni de su madre ni de su hijo. Pueblo de mierda, ni siquiera una nueva calle inventa, ni un nuevo apellido, ni una nueva cara, ni una nueva manera de enamorar, ni de chupar, ni de vestir. Sí, buscás una casa y podés entrar a cualquiera, buscás a una persona y puede ser la que pasa enfrente de vos y de la que sabés todo, preguntás por otra pero si está muerta parece como si estuviera viva, todo el mundo sabe lo que puede saberse de ella y nadie la olvida, ni siquiera un nuevo nacimiento puede ser una nueva historia porque parece como si la vida del muerto se repitiera en el recién vivo.

Sí, desde que poco a poco, como un pájaro inmóvil y sin nombre, venido al mundo sin necesidad de huevo y al que le nacieran primero sólo los huesos, luego la carne, y finalmente las plumas hasta quedar parado como fósil vivo, la iglesia fue emergiendo de sus cimientos hasta quedar pintada de blanco como paloma de Castilla y a su alrededor aparecieron, como pichoncitos de paloma espumuy, los ranchos; en este pueblo nunca ha ocurrido nada.

Y sólo de repente, el doblar de las campanas rompe el trapo detenido del aire y el avemaríapurísimasinpecadoconcebida detrás de algún ataúd como empujándolo para que navegue pronto en el polvo.

Y también sólo de repente alguna creciente que baja del volcán y se lleva algunas casas y deja algunos muertos y la gente, la de las mismas caras y los mismos apellidos, que neciamente vuelve a levantar los mismos ranchos y a sustituir a los muertos con gente nuevecita.

Y también sólo de repente alguna peste: tosferina, sarampión, tuberculosis, hambre, que se lleva a los patojos, a gente ya lograda, a viejos que ya no es necesario que vivan, pero así tan natural, tan de vieja manera como la costumbre.

Y a este pueblo vos regresaste; vos, el que aquí dejó enterrado su ombligo y se llevó su vida, el que regresó por su ombligo para morir junto a él pero dejó en otro lado lo mejor de su vida; vos, el que regresó con los ojos llenos de mundo, mundo odiado, mundo ladino en donde fuiste discriminado; vos, el que aquí se muere de tedio, tendido sobre el petate casi todos los días y todas las noches, pudriéndote de goma mientras esperás a ¿quién?, ¿a quién esperás? Tocan tu puerta de calle pero vos no salís. Quienquiera que sea que entre, que empuje la puerta, que camine, que venga hasta ¿mí?, que te sorprenda en la espera, que te agarre con las manos en la masa: sobándote el miembro, masturbándote, acabando, acabándote vos; vos, hoy domingo, salís. Te has desesperado de que no venga ¿quién? No sabés quién y por eso te desesperás y salís y querés irte, pero sabés que podrías morir en otra parte y querés ser enterrado junto a tu madre, en sus brazos, en sus brazos de polvo, regresar a su matriz de polvo hasta volverte su niño de polvo; su embrión de polvo, hasta la nada de polvo con ella.

Sí, te desesperás, querés irte pero no te vas. Mejor sólo salís a la calle.

Es domingo. Las campanas están llamando a misa. Son las siete de la mañana. Y hoy no se te ocurre ir a quitarte la goma. Más bien te entran deseos de ir a la iglesia. No, vos no creés en lo que dice el padre, sos el único que piensa, que se da cuenta que las cosas son de otro modo. Vos querés ver mujeres.

(Se apostó en la puerta de la iglesia, allí donde se hincaban los que sólo iban a juzgar a la gente que entraba. Solo, con los ojos abiertos, redondos, vestido con una viejísima ropa de jerga arrugada, se puso a ver a todas las mujeres que entraban, una a una, a examinarlas, a medirles el tamaño de los camotes, a calcularles la dureza de las chiches, a ver cuánto de delicia podrían tener entre las piernas, a escarbarles el rostro para ver si había alguna huella de la experiencia. Sin embargo, las vio como las imaginaba: comunes, corrientes, con el pelo largo, con los pies descalzos, indias.

Entonces pensó:

—Qué babosada. Y yo que pensaba distraerme siquiera viendo mujeres. Pobres, todas tan sencillas como mi nana. Y sintió ternura por ellas.

Decidió salirse, irse otra vez del pueblo, pero esta vez para siempre. Y miró para adentro, para despedirse de todos aunque fuera sólo con la mirada, para decirle adiós a toda esa gente que agachaba la cabeza desde hacía siglos, que nunca la levantaba. Y fue en ese momento cuando la vio. Era ella, lo presentía. Era a ella a la que esperaba con amorodio. No, mejor no se iría. Saldría para su casa pero no se iría del pueblo. Era ella y lo estaba esperando.

Ya en su casa empezó a recordarla. Mientras las campanas celebraban, enloquecidas, el alza, él empezó a trazarse en la cabeza su figura: era pequeña, tenía el pelo largo y castaño, tenía unos ojos que nunca miraban hacia un hombre, tenía una nariz recta, fina, una boca que tal vez nunca había besado a ningún hombre, dulce, suave, una perita que él nunca había visto en ninguna otra mujer, aunque su pecho, sin embargo, carecía de chiches porque era plano, pero su vientre tenía la gracia de una almohada de plumas, suavecita, apenas levantada la barriguita. Recordó su vestido blanco, su manto azul, las flores que los otros enamorados le llevaban.

Esa misma tarde, cuando ya estaba sola, fue a verla otra vez a la iglesia y comprobó que sus recuerdos eran borrones de la verdad. La vio, la revió, se la grabó más profundamente en su cabeza para no olvidarla, para no confundirla, la besó a distancia y se juró que tendría que ser suya).

La otra mita de la noche
YA NO DURMIERON

Todos estuvieron atalayando como a una mujer ya vista los pasos del día sobre la joroba del cerro del Cucurucho, las orejas estiradas como sopladores del silencio y los ojos totalmente redondos como bocas de escopeta escondidos bajo los matorrales de las cejas, para que no se les quedara adentro ni un pedacito de esa noche en cuanto la luz llegara. Pero los minutos eran de hule y la noche un viernesanto de chispas parado eternamente de lo pesada y grande, comal de piedra sobre los tetuntes de los cerros.

Y mientras desvelaban se sentaban, se paraban, se sentaban otra vez y otra vez se paraban, desesperados porque nunca amanecía y trataban de encender fósforos para darse siquiera la ilusión de la luz. Pero los fósforos no se encendían, eran como rojos granizos de fuego congelado; entonces, sobaban piedras contra piedras pero las piedras se desgastaban hasta volverse montoncitos de polvo que no alumbraban, polvo muerto, ceniza de polvo, ceniza de ceniza. Sin embargo, lo pior era que los muchachitos que ya venían de camino nacían adelantados del susto, chiquitillos, chiriviscos de gente, babosos, y que a la gente grande le nacían rápidamente enormes ríos de arrugas en el cuerpo y la cabeza se les iba poniendo como fuego apagado y que de la pena de no poder nada en contra de todo esto se enfurecían unos contra los otros como tiburones heridos. Sin embargo, lo pior de lo pior sucedió cuando todos sintieron hambre y quisieron comerse las gallinas y los pájaros muertos por el viento, pero al ir a recogerlos encontraron sólo las plumas de los cadáveres porque ya los perros habían devorado carne y huesos totalmente; entonces, se enfurecieron contra los perros y los agarraron, los amarraron y les apacharon la barriga para que arrojaran la comida, pero éstos los mordieron y tuvieron que soltarlos. No tuvieron más remedio los hombres que abrirse heridas en los brazos para dar de beber de su sangre a sus mujeres, y las mujeres exprimirse hasta el agotamiento las chiches para dar de su leche exhausta a sus maridos y a sus hijos, y luego, para aprovechar la oscuridad y el tiempo, los hombres trataron de meter sus pajaritos en los nidos de sus mujeres pero los pajaritos estaban muertos desde antes, estaban chupados como ratoncitos caídos desde hacía días en la trampa, como arrugadas culebritas enrolladas para siempre. Entonces, los pedazos de lengua que todavía les sobraban terminaron de comérselos las hormigas del miedo.

Y no hallando otra cosa que hacer, mejor decidieron acostumbrarse a la oscuridad y seguir mirando para donde siempre amanecía. Pero como ahora eran los segundos los de hule, empezaron a hacerse la señal de la cruz cuando se rozaban porque creyeron que tal vez ya estaban muertos desde hacía tiempo, pero que aún no se habían dado cuenta y se sintieron difuntos ya muy viejos que ahora sólo estaban espantando y espantándose, se sintieron ánimas de hombres que por ánimas sólo podían vivir en la oscuridad, y pensaron que si estaban velando la luz del sol era para dejar de seguir penando, ya que la oscuridad no les servía siquiera para hacer más muertecitos.

Y, entonces, para no seguir penando, decidieron inventar el día sólo en sus cabezas...

Nunca fuiste hijo de tu padre, menos de tu madre aunque ella te haya tenido.

¿Verdá que no sabés qué es lo que es llevar caites en los pies? ¿Verdá que no sabés qué es tener callos en las manos? Vos no sabés lo que son las madrugadas con el bastimento a la espalda y el azadón al hombro, ni los atardeceres con el mecapal en la frente y el tercio de leña a la espalda. No. Tu mundo siempre fue otro mundo, tu aire siempre fue otro aire. Vos nunca estuviste enlazado a la tierra. Bueno, claro que sí, claro que vas a la tierra, a la tierra que te heredaron, pero no como el hombre que se rompe sobre el surco, sino como el finquerito de aldea que sos.

Otra cosa fueron tus padres que sí se rompieron sobre la tierra para que vos pudieras irte. Y te fuiste. Pero ya no volviste, te quedaste perdido en otra parte. Porque quien volvió fue tu sombra y cuando tu sombra entró a tu casa se encontró con que tu padre ya no estaba. Tu buey. Cierto que te fuiste al cementerio a ver dónde lo habían enterrado y le llevaste alguna su flor y alguna su lágrima. Pero por compromiso. Porque pensaste que quien estaba abajo mirándote era el esqueleto de alguien que por casualidad te había hecho y que por casualidad te había heredado su apellido. Pensaste, te pensaste internacional y que bien pudiste haber nacido en otra parte de otro padre y no de éste que te había heredado la tierra de que vivís. Qué te importaba que se hubiera ido la mitá de un mundo que siempre te había sido extraño. Te quedaba la otra mitá. Y muerta ésta, sólo vos navegando sobre la aldea como un globo que nunca puede tocar tierra.

Pero a ella tampoco la lloraste. Esa sirvienta tampoco merecía una lágrima. Lo que sí te dolió fue tu soledad, tu no tener quien te sirviera mientras vos soñabas con ese mundo ajeno a tu aldea.

Ahora venís del cementerio. Al fin te acordaste que tenías padres. Que necesitaban una su flor, una su cruz. Lo que no sabés es que a quien adornaste fue a tu único padre, a tu única madre: la muerte, tu muerte.

Porque vos nunca fuiste hijo de tu padre, menos de tu madre.

Nadie lo esperaba pues hasta se habían olvidado de él creyendo que ya no regresaría o que tal vez se habría muerto. Por eso, cuando atravesó el puente y entró al pueblo, ninguno de los que lo vieron pudieron reconocerlo.

Si se hubiera muerto desde el momento mismo en que se asomó al mundo. Traía enrollado en el cuello el cordón umbilical y hubiera perecido ahorcado pero la mala hierba nunca se muere. Siempre lo acompaña su ángel, su diablo de la guardia. Amoratado, sin esperanzas para la vida, el niño habría sido para la muerte si la señora Chus, la comadrona del pueblo, no agarra en ese mismo momento un machete que estaba a la mano y actúa rápidamente, casi en el aire.

La señora Chus ya estaba vieja, muy vieja, y como desde sus primeros trabajos como comadrona nadie se le había muerto, pensaba que a pesar de su edad nadie se le debía morir para no perder su prestigio y su recompensa: aguardiente antes y después de cada parto; y que cuando crecieran los niños por ella atendidos y la encontraran le dijeran siempre: Buenos días, nanita; buenas tardes, nanita; buenas noches, nanita. Por eso no dejó de sentir escalofrío cuando vio cómo venía al mundo este niño. El machetazo fugaz en el cordón umbilical fue un recurso para afirmarse en su oficio y para aumentar su fama.

—Me hubieras salado, patojo —le dijo mientras lo envolvía en unos costalitos para resguardarlo del frío.

La Piedad Baeza también era una vieja, aunque menos que la señora Chus y éste era su único hijo. Soltera toda la vida, no le agradaba que le dijeran Señora sino Niña Piedá, porque pregonaba que era virgen. Y es que realmente era cierto. Era una virgen de pueblo, una auténtica virgen. Pero una virgen con todo el deseo de dejar de serlo algún día. Los hombres lo sabían pero no le decían nada. Era fea. Pero había en el pueblo un viejo, otro viejo como ella, soltero y necesitado de amor. Un hombre que no necesitaba belleza sino compañía. Y por eso se juntó con ella. Pero su edad era mucha. Y no resistió ese ritmo de vida que es el matrimonio. Y sólo tuvo tiempo de engendrar a su hijo y se murió.

Ahora, cuando la Piedad Baeza recobró el conocimiento y tendió los brazos hacia la señora Chus, pensó que ya no se moriría sola, que habría quien le cerraría los ojos, la lloraría, le echaría un puñadito de tierra sobre su caja cuando descendiera a la tierra. Sin embargo, cuando sintió que algo como un duro escarabajo era lo que lloraba debajo de los costalitos, se levantó a como pudo de sobre la cama y rápido, como una niña que quisiera conocer su muñeca, lo desnudó totalmente, se soltó en lágrimas y, como con ternura y misericordia, dijo:

—¡Ay, Dios!

Era un huesito. Un pequeño hueso apenas cubierto por un arrugado pellejo, dos ojos saltones como pegados, como cosidos a las órbitas y una boquita chupada como remiendo de grandes puntadas.

—No te priocupés. Conforme vaya creciendo se va a poner gordo —le dijo la señora Chus mientras terminaba de beberse lo que restaba de un frasco de aguardiente—. Basta conque se haya salvado de la muerte. A saber qué gran destino trae.

Tal vez era cierto lo que la señora Chus decía.

Eran las dos de la mañana del día dos de noviembre, día de los difuntos.

—Si hubiera nacido ayer, ¡pero hoy! —dijo la Piedad Baeza—. Este patojo ya me dio en qué pensar. Nace medio muerto, es casi un huesito y en este día. Pero no le puedo poner Difunto Baeza. Eso nunca se ha oído y el patojo se sentiría feo cuando creciera y le dijeran ese nombre.

—Ponele Santos. Si casi nació ayer —le aconsejó la señora Chus.

–No –replicó la Piedad Baeza–. Le voy a poner Pascual, que es lo mismo que muerto sólo que vivo porque es nombre de santo.

–Que feo el nombre que se te ocurrió, vos Piedá. Pero en fin, como es tu hijo hacé tu voluntá.

Desde ese mismo día, el Pascualito empezó a luchar a brazo partido contra la muerte: primero, que se le secó la leche a su madre y tuvo que alimentarse a pura agua hervida; después, que lo atacaron casi al mismo tiempo el sarampión y la varicela, más tarde que la tos ferina; y, finalmente, los continuos ataques de lombrices. Pero parecía que en el último momento, cuando estaba al borde de la tumba, como que se agarraba de cualquier cosa: una raíz, una planta, una piedra, como si dijera que no, que todavía no era su tiempo.

De pronto adquirió una salud increíble, una salud enclenque, penosa. Y empezó a crecer, aunque lentamente, estirándose un milímetro cada año, llenándose apenas de pedacitos de carne en los huequecitos de sus huesos mientras aprendía a gatear, mientras aprendía a agarrarse de la única silla que había en el rancho, de los troncos de los árboles, de las piedras, mientras rodaba y se hería y le salía sangre que no salía, mientras aprendía a caminar tantaleando por años como espantapájaros flojo, flojísimo, mientras aprendía a hablar balbuciendo gangosamente las palabras que se negaban a salir de su boca, mientras aprendía a jugar pero solo, porque aunque estuviera con otros niños éstos se negaban a prestarle algún juguete cualquiera, mientras aprendía a llorar porque todos los niños le pegaban, mientras su madre más veía que en lugar de crecer parecía que como que se quedaba estacionado, y a veces que como que venía de regreso de la vida, hasta que un día se dio cuenta de que su Pascualito por fin había crecido, que no había caminado su tiempo al revés sino hacia adelante y que viviría su tiempo.

—Piedá —le dijo una señora—, te vengo a dar la queja de que el seco de tu hijo le pegó al mío. Y le sacó sangre.

—¿De veras? —le dijo la Piedad—. No lo creo.

—Quien ve al empachado de tu hijo. Parece que no matara moscas. Ojalá que lo corrijás.

La señora Piedad esperó con ansiedad durante todo el día a su hijo. El asunto había sido en la mañana y el Pascualito no había llegado a almorzar. Apareció en la noche, entró tímidamente, silbando, en verdad como quien no mata moscas, con la cola entre las canillas, y cuando su madre le preguntó si era cierto lo que había hecho dijo que no y se quedó mirando hacia el suelo. Pero su madre insistió, y cuando alzó la vista y vio que en las manos de su madre no había alguna raja de leño y que en su rostro había una sonrisa de ansiedad como si quisiera decirle que, aunque mintiera, le dijera que si era cierto, contestó afirmativamente.

—Así me gusta, mijo. Debés aprender a ser hombre. Si yo tengo que ir algún día a la cárcel por vos, no hay pena.

Entonces, el Pascualito entendió, aunque a medias, que había que defenderse contra los niños que por de pronto eran sus enemigos, y desde ese día se le vio andar con bolsas de piedras y con una honda en el cuello como si fuera escapulario contra los malos espíritus. Y no tardó mucho tiempo en adquirir destreza y pulso practicando con las gallinas y los pollos que encontraba a su paso o en el patio de su rancho o tirándoles a los pájaros por puro gusto. Con las gallinas y los pollos la gente lo dejó hacer y sólo se iban a quejar con su madre, que no les hacía caso porque ella tomaba esas muertes como la contribución de su hijo al sostenimiento de la casa. Pero cuando al niño le dio por tirarles a los demás niños y a las personas mayores, entonces fue llamada al cabildo y se le pidió reprendiera a su hijo. Por esa época ya todos decían que era insoportable, que era como el vivo demonio. Se ocultaba detrás de alguna pared cuando veía que alguien venía, colocaba la piedra en la badana de la honda, estiraba los hules y tas, pulso el del patojo, la piedra caía en la parte del cuerpo en que el Pascualito quería, aunque estuviera a media cuadra de distancia.

Pero el Pascualito se aburrió de la honda. La sentía ya inofensiva. Y entonces, escogió como compañia suya el machete. Desde entonces, fue común encontrar destrozados en la calle los tallos de los árboles frutales que estuvieran en los cercos, las frutas verdes en pedazos, las ramas que le caían mal aunque no le causaran ningún daño convertidas en leña, y poco a poco fue más común ver que de un día para otro los perros y los gatos y algunos caballos aparecieran sin cola. Pero el colmo fue cuando separó de un filazo a un par de perros que hacian el amor en plena calle con toda inocencia. El perro se quedó revolcándose del dolor y murió al poco rato, y a la perra hubo que extraerle el pene mutilado que, sin embargo, logró tener perritos. Esto alarmó a la gente. Como el hecho ocurrió casi junto a la puerta de calle de su casa, la gente acudió corriendo con palos, con machetes, estaban decididos a lincharlo. Pero cuando lo vieron salir, no con la cola entre las canillas sino con el machete todavía sangrante en la mano y con los ojos incendiados de odio, hasta los más hombres no se atrevieron a hacerle nada y el alcalde dijo que no podía hacerse presente porque estaba enfermo.

Tal vez se hubieran olvidado del asunto de los perros si no hubiera sucedido lo que ocurrió después. Una tarde todos entendieron lo que le esperaba al pueblo si el patojo seguía creciendo. Tenía trece años y, aunque aparentaba menos, todos sabían que tenía la maldad de todos los hombres. El sólo verlo hacía temblar a los de su edad que sabían cómo era de diestro en el manejo del machete. Sus eternos ojos saltones eran terribles. Por ese tiempo le dio por molestar a las niñas, a las señoritas y a las madres jóvenes y maduras tocándoles las nalgas y a veces levantándoles las naguas; los jóvenes que se reunían con él celebraban sus atrevimientos, no importándoles que fueran novias, hermanas o madres suyas; necesitaban tenerlo de amigo.

Pero una tarde de cielo limpio en que todos estaban reunidos en la esquina de la cuchilla, uno de ellos se empeñaba en señalarles el paso de un zopilote lejano, apenas visible para los demás. El zopilote se desplazaba pequeñísimo como un avión fúnebre y él les decía:

—Allá, muchá.

—¿Dónde, vos?

—Allá, en dirección de mi dedo.

El dedo estaba solitario, recostado sobre la mesa del cielo cuando de repente, zas, algo brillante se levantó del suelo, y zas, el dedo voló por el aire y el muchacho se tiró a la tierra revolcándose del dolor, la mano empapada de sangre. El Pascualito se rió de su travesura y le dijo:

—Ya viste, no hay que señalar a los zopes porque esos animales siempre andan en busca de carne.

Pero esa vez la cosa no se quedó así.

Rato más tarde, cuando la campanita del cabildo empezó a llamar desesperadamente a la gente, el Pascualito les dijo a sus amigos:

—Cuidadito conque digan que yo tuve la culpa y vos lo mismo. Decí que fue pura casualidá.

Y recogió el dedo, se lo metió en la bolsa y salió corriendo. Cuando oyó que tocaban en la puerta de su casa no creyó que fuera para tanto, y todavía un poco envalentonado salió a ver por encima del cerco. Mas cuando se dio cuenta que afuera estaba no sólo la autoridad sino mucha gente con palos, con machetes, con odio, sintió miedo por primera vez; pero todavía fue a sacar el dedo de donde lo tenía enterrado, se acercó al cerco y se los tiró.

—Ahí se los regalo —les dijo—. Ahí se lo dan al zopilote porque pobre, tiene hambre.

Y, atravesando los sitios que estaban detrás de su casa, se tiró para el barranco y luego se escondió en el monte.

Pero la gente no quiso quedarse burlada y durante días emprendieron su busca, dispuesta a todo, por barrancos, bosques, cerros, casas, hasta que la Piedad Baeza les dijo:

—Dejen a mi muchachito. Llévenme a la casanueva a mí, pero no le hagan nada a él. Sus ojos eran de madre y la gente tuvo piedad de ella.

Durante el tiempo en que su madre estuvo en la casanueva, el Pascualito trató de que alguno le diera de comer para no pasar hambre. La gente le decía que no había ni maíz ni frijol pero que podía llevarse las gallinas que quisiera, cortar las frutas que quisiera, hacer lo que quisiera. Entonces, el pueblo se le fue volviendo cada vez más pequeño para su hambre y cada vez más grande para sus pies.

Por eso, cuando un domingo se tendió un cerco en el pueblo y los jóvenes fueron sacados de los follajes de los árboles, perseguidos en los terrenos, en los bosques, sacados de debajo de las ollas que servían para las fiestas, de entre los brazos de sus madres, de sus mujeres, de sus hermanas, de debajo de sus naguas, de entre las redes de tusa, y llorando, llorando fueron llevados a la alcaldía para ser llevados al cuartel en la capital lejana, el Pascualito, como quien da chile a comer, se asomó sereno y sin machete al cabildo y se puso a pasear enfrente de las autoridades. El jefe de la milicia desde hacía tiempos le había echado el ojo pero cuando vio que lo tenía a la mano, pensó de otra manera y le dijo:

—No tengás pena. A vos no te vamos a llevar.

—No sea baboso —le contestó él—. Yo no vine para que me agarren sino para que me lleven.

—¿Y tu nana?

—No sea baboso. Lléveme o se lo lleva la chingada.

—¿Pero por qué te querés ir, vos?

—Tengo hambre.

–Bueno, allá vos. Pero no tengás pena. Con lo cabrón que sos, ya ya vas a ascender. Quién sabe si de repente no vas a llegar a general. No, no te preocupés. Para llegar a eso no se necesita saber leer ni escribir. Sólo ser malo, ser cabrón, ser pura mierda con los demás. Te felicito, buen camino vas a agarrar.

Sin embargo, tiempo después llegó al pueblo la orden de captura de un tal Pascual Baeza porque había desertado del ejército. Pero la orden se perdió en el olvido, no porque él ya no hubiera vuelto al pueblo, sino porque aunque hubiera vuelto nadie estaba dispuesto a cumplirla aunque se fuera a la cárcel.

Cuando Pascual regresó al pueblo traía, además de los años que lo habían llevado de niño a hombre, una cara como si ya fuera de otra parte; traía en los dientes, en lugar de algunos de ellos, pedazos de oro que trataba de mostrar con orgullo cuando reía o hablaba; traía en la boca palabras raras, desconocidas, como de hombre que ha aprendido otros idiomas; traía en los pies zapatos en lugar de caites; traía en la cabeza sombrero de vicuña en lugar de la gracia del sombrero de petate, y en el cuerpo ropa distinta de la que se usaba en el aldea. Ya no era de aquí. Así parecía.

Quienes lo vieron llegar se preguntaban: ¿Dónde he visto a este baboso?, y volvían a verlo y trataban de buscarlo abajo de todos sus recuerdos y de capturarlo en el instante en que se les había metido por primera vez adentro de la cabeza. Pero no lo hallaban. Algo, sin embargo, les decía que, a pesar de su ropa y de sus años, era un hombre nacido en el pueblo e hijo de gente del pueblo que luego de muchos años de ausencia había regresado. ¿A qué? Su cuerpo era delgado pero fuerte, se le veían en los brazos las venas repletas de sangre, su andar era de orgullo y su bigote tenía la forma de los que, a veces, se veían en los rostros de hombres aparecidos en revistas que la gente guardaba por años. Sin embargo, alguno sí tuvo el presentimiento de que fuera el Pascualito de tiempos atrás, pues una sombra que pasaba y repasaba por su cara, como cuando uno camina por una carretera llena de árboles, le dio en qué pensar. Pero tuvo miedo de decirse a sí mismo que fuera cierto, porque creyó que esa sombra era la maldad que traía más visible que cuando se había ido.

Él, por su parte, cuando llegó a la entrada del pueblo y puso su pie sobre la primera piedra, sobre el primer pedazo de tierra, cuando vio la primera calle llena de hoyos y piedras y cercos y ranchos humeando, cuando vio que ninguna de las grandes piedras que estaban en la entrada se habían movido, cuando se vio en los niños que jugaban en la pila de la Cuchilla, pequeños, descalzos, barrigones, idiotas, cuando vio a las mujeres que lavaban iguales al recuerdo que tenía de ellas, cuando levantó la vista un poco y alcanzó a ver entre los árboles y los cercos y los ranchos la parte de arriba de la iglesia con su mismo color blancosucio y quizá adentro con los mismos santos que saldrían en procesión los días de fiesta acompañados de las mismas cofradías que rezarían las mismas oraciones, y cuando finalmente vio que algunos hombres iban o venían del campo con el azadón al hombro, el bastimento a la espalda y el machete en la mano o con un tercio de leña o una red de frutas a la espalda sostenida por el mecapal que les ceñía la frente, pujando, sudando, las canillas tiesas y negras de polvo; él, que había desertado del ejército con todo y arma, que había estado en la cárcel pero por robo, que había jefeado a una pandilla de ladrones de almacenes, que había integrado otra de cuatreros en la costa, que había entrado otras veces más a la cárcel, que había pasado la frontera y había vivido por un tiempo en otro país al que nunca alguno de este pueblo iría ni en sueños, que había estado en una revolución de shute pero había estado, que había vivido con una prostituta que nunca le dio un hijo porque no quería que fuera indio igual a su padre pero a quien él amaba por su color, se sintió desolado como si recuperara algo que había perdido pero que le era inútil ya, inútil y sin embargo necesario, porque para eso había vuelto. Y ya no preguntó por dónde quedaba su casa ni se recordó de su madre.

Esa misma mañana, la gente supo que traía además un ladrillo seco en la garganta y fajos de billetes entre la bolsa.

Después que preguntó por dónde quedaba la cantina se encaminó hacia ella, se paró enfrente del mostrador, empuñó la mano y llamó apuradamente. Luego se sentó en la única silla que había en el contorno de una mesita y se puso a esperar. Al rato se asomó la señora María, mujer de Chilio, el dueño de la cantina, con su niño a la espalda y le preguntó qué quería.

—Un cuarto de guaro.

Mientras la señora María se dirigía a la estantería a bajar el frasco de aguardiente, recordó que esa voz la había oído en alguna parte, pero no le dio importancia. Tomó la botellita y se la puso en la mesa. Él la destapó inmediatamente, la levantó y se la puso en la boca; luego empezó a beber su contenido, primero como haciendo gárgaras, luego como si tuviera una sed de años, como si desde que se había ido no hubiera probado una gota de agua. Se la bebió en una sola respiración, sin escupir, en silencio. Y cuando la terminó, volvió a pedir otra. La señora María sólo lo miró, asombrada, pero se dirigió a la estantería, tomó la botellita y se la puso en la mesa. Él nuevamente volvió a destaparla, a levantarla y a ponérsela en la boca. Sólo que esta vez se la tomó con pausa, como saboreando, como si el color transparente fuera un sabor transparente para su garganta. El resto de la mañana siguió bebiendo una a una las pequeñas botellas, mirándoles antes la barriga como si tratara de descifrar algo, como si tuvieran adentro algo que él buscara. Las besaba, las destapaba, se las ponía en la boca y luego, despacio, se tragaba el río que salía de ellas. Parecía como si trajera anemia y el aguardiente fuera la sangre que necesitara. Cuando dio la una pidió que le quitaran lo que había sobre la mesa, le trajeran otra botellita y una tortilla. Pero la señora María le dijo que ya no podía atenderle porque se le había hecho tarde para preparar su almuerzo. Entonces pidió la cuenta y sacó un fajo de billetes de adentro de la bolsa, pagó y salió sin saber qué rumbo tomar. Ya en la calle el aire pareció pegarle duro, trastumbó unos pasos y cayó sobre la tierra como un muerto. Allí se estuvo el resto de la tarde y toda la noche. Cuando despertó al día siguiente tenía una sed invencible. Eran como las cinco de la mañana. Diez minutos más tarde, la señora María tuvo que levantarse, aburrida de tanta llamada a la puerta, pero cuando vio el mismo rostro del día anterior que se moría del ansia, le dijo que regresara más tarde. Sin embargo, pensando en sus necesidades y en el fajo de billetes que había visto un día antes, se apresuró a abrirle.

Durante muchos días se repitió la misma ceremonia. A veces llegaba alguna gente del pueblo, que deme un mi traguito por favor, que quién es ese hombre entre dientes, que ojalá nos invitara, que mirá cómo nos mira, que qué tal don ¿anda pasiando? ¿de dónde es usté? ¿no se quiere tomar un traguito aquí con nosotros?, bueno nos desprecia, perdone pues la molestia pero aquí nos tiene en lo que podamos servirle: Francisco Chinay a sus órdenes, Cruz Castellanos a sus órdenes, éstos creen que yo no entiendo, lo que quieren es chupar a mis costillas, pueblo hambriento, miserable.

Al principio, la señora María no cabía de la felicidad.

La entusiasmaban los fajos de billetes del hombre. Pero cuando poco a poco éstos fueron disminuyendo hasta que un día le dijo que le iba a quedar debiendo, dispuso ya no levantarse temprano y, aunque el hombre estuviera tocando y tocando, le decía que se esperara porque todavía no era hora de atender la cantina.

Un día, por fin, le dijo:

—Bueno, ¿y cuándo me va a pagar?

—Sabe qué —le dijo él—, cóbrele a Juan Caca.

—¿Juan Caca, quién es él? —le preguntó ella.

—El que vive en la casa blanca.

—¡Ah! ¿Don Juanito? Cómo va a ser eso.

—Sí, él tiene que pagarle.

Esa misma mañana la señora María agarró para la casa blanca y le pasó el mandado del hombre desconocido a don Juanito. Éste lo recibió con serenidad, le dijo que lo esperara, entró a su casa y al poco rato regresó con el dinero de la deuda y con un anticipo para una nueva borrachera.

—¿Quién? —preguntaron desde adentro.

—Yo.

—¿Quién yo?

—Yo, Gallina.

—Ah, empujá la puerta y entrá. No tengás pena. Adiviné que vendrías, pero como no recuerdo tu voz... Siempre que vengás empujá la puerta y entrá sin pedir permiso.

Y Gallina entró. Y como cacaraqueando de la alegría de que lo hubieran dejado entrar, casi voló entre los cafetales y llegó al rancho donde vivía Coyote. Lo encontró en el patio, tendido sobre un petate reguardado, hediondo a viejo, a moho. Era el animal más galán que se había visto en el pueblo. Ahora lo podía observar mejor que cuando sólo lo había atisbado desde cerca de la puerta de la calle de su casa, después de años de no mirarlo. Lo vio como se ve a un dios soltero y hasta le tembló el corazón deseando ser Coyota.

En cuanto se acercó, Coyote se levantó de donde estaba tendido, sacudió su cuerpo con orgullo y le tendió la mano. Su apretón fue duro, como de quebrantahuesos. No era más alto que Gallina pero, a pesar de su tamaño, su respiración era anhelante, llena de fuerza, de vida. Parecía como si todo el aire hubiera sido creado sólo para él, para darle fuerza a esa su mirada, a ese su andar, a esos sus brazos, a ese su cuerpo.

Después de su deseo de ser Coyota, Gallina sintió envidia pero luego volvió en sí asumiendo su permanente condición de ave que sentía miedo. Tenía que defenderse.

—Coyote, me contaron que habías vuelto y he venido a buscarte muchas veces pero no te he encontrado. Quería saludarte, ponerme a tus órdenes y recordar viejos tiempos.

—Sí, he vuelto. Tenía necesidad de volver, de poner mis pies otra vez sobre esta tierra, de respirar otra vez su aire, de beber su agua.

—Yo pensé que ya nunca volverías. Quien que se va de aquí vuelve a esta tristeza, a esta miseria de pueblo. Es increíble.

—Así parece. Pero aunque te odien, el calor de tu rancho no lo vas a encontrar en ningún lado, sobre todo si sos indio. Sí, te abren las puertas pero en cuanto miran tu color, tu cara, tu pelo, piensan que no sos hombre sino su remedo, que más te parecés a un animal, que tu condición es ser menos que ellos y te cierran la puerta y te abren la otra, la de la calle, la de la cárcel. Entonces vagás, te volvés mañoso para no morir de hambre, te volvés ladrón, andás de arriba para abajo como judío errante. No, aunque te odien aquí, este odio parece amor porque si te morís te entierran, no te dejan para comida de los zopes, te lloran, te recuerdan, te ponen tu cruz.

—Mirá, ¿entonces te veniste para siempre?

—Sí, me vine para quedarme, para que me entierren aquí. Mejor dicho, vine a morirme, a que me maten o a que me muera yo solo de todo lo que traigo adentro.

—¿Y qué traés adentro?

–No sé. Es tanto lo que he vivido, lo que me han sacado, que no sé qué es lo que traigo.

–Odios tal vez.

–Sí, tal vez odios.

–Pero mirá, ¿por qué no te los vas a sacar a otra parte? Yo estoy seguro que con lo que has andado aquí no vas a encontrar juicio.

–Tal vez. Pero aquí está enterrado mi ombligo, ese pedazo de carne que ahora ya será polvo está debajo de ese tetunte. Mi ombligo. Como quien dice mi madre, a quien no le pude cerrar los ojos.

–Tenés razón. Pero, ¿por qué no lo sacás y te lo llevas a otra parte, con vos?

–Que lo encontrara. Pero ya te dije, es puro polvo y no podría andar cargando tierra.

–Te lo digo porque no se te ve muy conforme. Es cierto que sos de aquí pero no te debés sentir muy a gusto. A saber qué linduras no habrán visto esos ojos, a saber qué habrán visto en otros lugares y luego volver aquí. Qué ocurrencia.

–Es cierto. Linduras abundan en otros lugares. Pero no son tuyas. Lo único que podés hacer es que se te caiga la saliva. Y de repente te juntás con una mujer, una cualquiera pero de un color diferente al tuyo. Y esa mujer te da de todo lo que puede dar una mujer menos un hijo porque no quiere que ese niño sea como vos. Te quiere porque le das dinero. Te llenás de odio. Y entonces, mejor volvés a tu pueblo pero no a juntarte con nadie, ya estás muy viejo, ya no podrás cuidar a tu hijo. Podría volverse un bandido por falta de padre. Sí, volvés. ¿A qué? Tal vez a morirte. A vengarte y a morirte. Pero a vengarte de quién. No sabés. Presentís nada más. ¿Del pueblo que no te quiere? No. Del pueblo no porque ahora lo amás. Tal vez más bien sea que venís a vengar a sus mujeres o a defender a sus hombres. Pero no sabés, no mirás muy clara la cosa.

–No te entiendo.

–Sí, tenés razón. Yo tampoco comprendo lo que me pasa. No sé.

–Pero entonces no es por gusto tu venida. Y para decirte la verdá, aunque ya venís otro, aunque ya venís cambiado, no sé qué raro presentimiento se me está metiendo. Tengo miedo pero no de vos sino de tu presencia. Y quiero que seamos amigos, quiero servirte en todo lo que se pueda.

–Gracias. Yo te necesito. ¿Sabés? Tengo vicios.

–Lo sé. Pero también tenés hambre –y Gallina sacó de un matate que traía al hombro una manta llena de maíz blanco y otra llena de frijol negro y se las puso en las manos–. Es algo que te traje porque pensé: está sólo, desamparado y yo tengo.

Coyote tuvo deseos de llorar por primera vez en su vida.

Desde hoy, Gallina empieza a vigilar estrechamente la casa de Coyote. En cuanto tiene tiempo sale, lo saluda cacaraqueando, se echa frente a él cacaraqueando, quiere que le rasque el ala.

Quién sabe que pasa adentro del cuerpo, del alma de Gallina. Lo cierto es que ve a Coyote como si fuera su sombra. Y quisiera que se lo comiera porque siente que su ser-gallina se está rompiendo, rasgando. Quisiera metamorfosearse en Coyote para ser como el otro porque tiene miedo. Por eso sus noches son tensas, de desvelo, de sueño. Se duerme y se sueña coyote. Entonces, se despierta y se da cuenta que todo es nada más un sueño porque continúa siendo gallina.

La mujer de Gallina le dice:

–¿Qué te pasa, vos? Parece que ya no fueras el mismo. ¿Qué te tiene inquieto? Cuando te dormís no te dormís. ¿Qué te sucede?

–Nada –contesta él–. Soy el mismo.

Pero él sabe que está mintiendo, que se está mintiendo, que ya no es el mismo sino sólo un rastro, una huella de lo que ha sido. Pero siente terror de decir la verdad.

Sin embargo, la mujer de Gallina le insiste:

—Cómo no. Si te miraras en el espejo. Tenés una cara que no es.

—¿De muerto, entonces? —se toca las manos, los pies, de último la cara.

—Bueno, no sé. Mejor mirate.

El espejo está en uno de los pilares del corredor de la casa. Se acerca con valentía, se para frente al pilar y mira la cara que está del otro lado del espejo, la que lo mira después de la línea divisoria del cristal.

—Sí, de verdá parece que como que estoy un poco cambiado. Pero lo dice de mentiras porque se acercó al espejo pero no quiso mirarse.

Sin embargo, su mujer lo ha visto y no la puede engañar:

—Vos tenés miedo. ¿Por qué no te miraste?, ¿por qué? —y ya no le dice más, sale del cuarto y se va para la cocina. Pero desde ese día lo vigila, lo sigue, mira todos sus movimientos.

Por su parte, Gallina trata de huir de sí mismo. Trata de no pensar.

Y DE VERDAD ESTABAN VIVOS

Pero no era el mismo de todos los días sino otro, uno totalmente nuevo porque llegó sin anuncios de pájaros y de repente, y cuyo sol de cobre nació del lado contrario a donde siempre nacía y no débil sino tan fuerte que les aventó tanta luz y tanto calor que algunos se quedaron ciegos y otros estuvieron a punto de incendiarse. Sin embargo, de un solo golpe como árboles quebrados por un rayo invisible, todos se hincaron, agacharon la cabeza y con el aliento lo incensariaron.

Después, empezaron a buscarse, a verse, a reconocerse. Pero todavía se espantaban entre sí, se miraban y salían corriendo, se metían debajo de las camas y trataban de recordar qué día habían muerto, qué olor tenía la caja fúnebre, el silencio y el tiempo, cómo había sido el dolor de la primera mordida del primer gusano, y luego si habían salido de la tierra y habían volado, si habían pasado junto a la luna, junto al sol y hasta qué punto más allá de la última estrella habían llegado, si habían atravesado a nado o a pie el jordán del cielo, si habían vivido por un tiempo sin hambre sin sed sin calor sin frío y cómo eran las flores del paraíso, cómo los ángeles los santos los pájaros, los árboles las frutas las fuentes, cómo la cara de Dios del Niño Jesús de Cristo de la Virgen de Concepción de la Virgen de los Dolores, cómo la cara de San Pedro y la puerta del cielo y las llaves, qué parientes de los que ya habían muerto antes habían visto allí, se miraban los ojos si los traían azules de tanto cielo y si sus ropas eran pedazos de nubes con hilos botones y zíperes de estrellas; o si después de haber sido enterrados se les había abierto un hoyo debajo de la caja por donde, como en un resbaladero, habían bajado y caído de romplón entre las brasas del otro lado del mundo; y cómo era la última cara de Satanás; de las satanas y de los satanacitos; se miraban si tenían chamuscado el cuerpo, si tenían huellas de torturas, piquetes de culebra, heridas de alambre; y luego trataban de recordar, ya fuera que se hubieran regresado del cielo o del infierno, por qué camino se habían venido, cómo se habían reintegrado a la tierra, en qué momento habían resucitado, cómo había sido la sensación de pasar del polvo a la forma y de la forma a la vida, y se pellizcaban para ver si les salía sangre, miraban sus huellas en la tierra para ver si tenían forma de pie con carne, trataban de contar sus costillas, de ver si les hacía falta algún pedazo de carne, algún callo, algún pelo, iban al cementerio a ver si había tumbas abiertas, se embrocaban encima de las botijas para que el agua les dijera si estaban vivos o somataban cabeza contra cabeza por aquello de que todo hubiera sido un sueño, para despertar plenamente y, cuando finalmente se dieron cuenta de que en verdad todo había sido un sueño, todavía para estar seguros buscaron las fotos más recientes y se miraron en los espejos para comprobar que no eran ya otros, recordaron sus nombres para que cuando pudieran hablar, si es que algún día hablaban, se dijeran a sí mismos que eran ellos mismos, se probaron toda la ropa y todos los caites y todos los sombreros y todos los zapatos para saber si les quedaban cabales, reconocieron a sus hijos, viejos y recientes, para no equivocarse de que fueran de otro lugar y de otro tiempo, cada uno contó al resto de la gente para recordar si eran los que siempre habían visto, llamaron a sus perros por sus nombres para ver si les hacían caso, si les meneaban la cola, trataron de tener sed por si el agua no era agua, de respirar fuertemente por si el aire no era aire, de mirar bien por si estaban en algún lugar desconocido, pensaron si pensaban y luego empezaron a caminar para atrás, de reculado, a chocar contra todos los recuerdos, por ejemplo, en las cosas banales que precedieron a la primera mitad de la última noche, luego cuando nacieron sus primeros hijos, luego cuando se casaron, luego cuando probaron a la primera mujer o al primer hombre, luego cuando tartamudearon para decirle a alguien que lo querían, luego cuando les empezaron a nacer pelos entre las canillas y/o cambiaron de voz o les brotó frutas en el pecho, luego cuando Hitler, luego cuando llegó al pueblo el primer automóvil, luego cuando el teléfono, luego cuando la primera guerra mundial de la que sólo se oyeron las noticias pero nunca los cañonazos, luego cuando el chapulín y la sequía y el hambre y tuvieron que comer guineos en lugar de tortillas, luego cuando la viruela, luego cuando llegaron los primeros protestantes que fueron ape-dreados y la Revolución de Barrios, luego cuando se murieron los bisabuelos que les contaban estas historias a los abuelos, luego cuando se murieron los abuelos que les contaban estas historias a los pa-dres, luego cuando se murieron los padres que les contaban estas historias a los hijos y así hasta toparse con el último recuerdo que ya no recordaban; y cuando recordaron todos empezaron a caminar para adelante, a chocar contra todo lo que deseaban, por ejemplo, un pedazo de tierra, que los hijos no se murieran de sarampión, de tos ferina, que ganaran sus años en la escuela, que cuando crecieran los niños no fueran a ser borrachos o mujereros y que a las niñas no les fueran a hacer nada antes de tiempo, que no hubiera sequía, que si el pajarito se les parara nuevamente que ya no pudiera fabricar más muchachitos, que el próximo gobierno no fuera otro hijo de puta, que les compusiera el puente, que les bajara el agua, que les construyera otra escuela, que ya no se llevaran a los hijos al cuartel, que los patrones a donde sus hijas se iban a servir no se las cogieran y las dejaran abandonadas con hijos, que no hubiera tercera guerra mundial, que ya no hubiera ese cuento de bolos que se llamaban elecciones, que los hombres no se fueran a la luna porque eso era un insulto a Dios, que los gringos se fueran a la mierda y se hicieran mierda con los rusos pero no con otras naciones y, en fin, que estuvieran de verdad vivos y no muertos.

Había que entrar a la iglesia antes de que el sacristán subiera al campanario y diera la oración de la tarde. Había que esperar a que el sacristán terminara de dar la oración y bajara y cerrara la iglesia y se fuera. Había que esconderse detrás de algún pilar o entre los reclinatorios, no, mejor en la parte vacía que había entre los retablos y la pared, en este retablo. Había que romper los vidrios con alguna piedra, algún pedazo de madera, con cualquier mierda; con éste porque el camarín tiene llave. Había que sacarla delicadamente del camarín, envolverla también delicadamente, tomarla en los brazos, subir el graderío del campanario. Había que amarrarla a un lazo, descenderla cuidadosamente hasta tocar tierra y luego amarrar la punta de otro lazo a una de las columnas de ladrillo de la casita del campanario, amarrarse la otra punta del mismo a uno y descenderse hasta tocar también suelo. Había que desamarrarse uno primero, luego desamarrarla a ella, tomarla otra vez entre los brazos, agarrar por las calles en donde no se encontrara gente hasta llegar a la casa de uno.

Ahora la tenía enfrente y la miraba, sola, desamparada, al alcance de la mano.

Se sentó en la cama y principió a desnudarse.

Mientras se quitaba la ropa pensaba: Es virgen, según dice la gente, a pesar de que ya ha tenido un hijo, pero tal vez es cierto porque sus cachetes tienen color de durazno.

Terminó de quitarse la ropa...

Entonces, se levantó de la cama, se acercó a ella, procedió a quitarle una a una la ropa, con lentitud, así como podría desnudar un ladino a su mujer la noche del casamiento, con deseo, con todas las ganas, hasta que ella quedó limpia, pura, brillante en toda su desnudez, en toda la madera, con nada más la ropa simulada de la misma madera que tenía encima, una tela delgada, apenas gruesa que el escultor ¿indio?, sí, indio, le había dejado tan sólo para disimular su amor y su odio. Se alejó de ella para verla, para observarla mejor, para desearla más; luego, se acercó otra vez, la tomó entre sus brazos, la apretó con toda la fuerza de su carne, la besó abajo, arriba, a los lados; después la puso sobre la cama, bocarriba, apagó la luz de la candela, le murmuró algo en el oído y se montó encima de ella.

La madera crujió bajo el peso del hombre.

Pasó toda la noche en lucha constante contra la madera, puyándola, queriendo atravesarla a puro huevo, pero la madera se resistía. A veces parecía que como que se iba convertir en carne, que como que estaba a punto de sangrar, y entonces su miembro se volvía más nervio, más miembro, más necio.

Once y media de la noche... Una, dos, tres de la mañana...

Cuando los gallos cantaron por última vez, y la luz y el calor del día empezaron a presentirse por el cerro del Cucurucho ya no pudo más. Y ojeroso, desvelado, deshecho su miembro, herido, dolorido, su cara más vieja como si viniera de un lugar terrible, se sentó en la cama y con los ojos semiabiertos, casi a punto de cerrarse al sueño, todavía la miró como quien mira a un enemigo que lo ha derrotado. Pero ella también parecía haber perdido, parecía triste, vieja también, también ojerosa, en sus mejillas ya no había ni sombra de color y sus labios necesitaban ahora de algún colorete para aparentar frescura. Parecía una cualquiera, parecía una puta.

La sacó de su cama y la tiró al suelo, sobre el petate. Cerró los ojos.

El señor alcalde dijo:

–Que se cateyen las casas –metro por metro, pulgada por pulgada porque creía que tenía que estar en el mismo pueblo.

Había antecedentes.

Cada año los dos principales de la Cofradía se peleaban para que ella se quedara en sus respectivas casas, cada uno alegaba tener más derechos de antigüedad, tener más dinero para comprarle siempre sus flores y sus candelas, para hacerle un vestido nuevo cuando llegara el rezado, para celebrarle mejor esa fiesta, tener mejor casa, tener más hijas que la cuidaran, necesitar un milagro que le había pedido para que no se lo dejara pendiente para otro año. Y ella se mantenía de una casa a otra según la cantidad de dinero y guaro que cada principal ofrecía hasta que por fin, un diciembre, los votos se dividieron en mitades cabales y hubo que sacar machetes e insultos que no llegaron a más porque cuando ya iba a caer la primera gota de sangre alguien propuso que fuera el padre el que decidiera a quien le tocaría ese año la Virgen. Y el padre vino, escuchó primero a todos, después los regañó a todos y votó a favor del que sabía que tenía más dinero.

La noche del rezado grande todo pasó en paz, pero la noche siguiente, la del rezado chiquito, cuando la procesión llegó a la puerta de la casa del principal que ese año le había tocado tener a la Virgen y después que quitaron flores, velos, luces, adornos y ángeles al anda, después que la desataron a ella de donde la llevaban amarrada para que no se cayera y se quedó sola, libre para que la bajaran, el principal que sentiría su ausencia por un largo año o dos o tres, se subió al anda, la tomó entre sus brazos y la besó fuertemente.

–¡Jesús! ¡En la boca! –dijeron algunos.

–¡No! ¡En la frente! –dijeron la mujer y las hijas del principal que la había besado.

Los partidarios del otro principal sacaron machetes y dijeron:

—¡Hijo de puta!

También los partidarios del que había profanado los labios de la Virgen hicieron lo mismo y dijeron lo mismo, sólo que en plural.

Entonces fueron las mujeres de ambos bandos de hombres las que los separaron con lágrimas y con ruegos de que no parecían cristianos.

Al día siguiente, el padre volvió nuevamente al pueblo y dictó la solución:

Primero:	Que ni para uno ni para otro.
Segundo:	Que, en consecuencia, la Virgen se quedaría en la iglesia para siempre y que sólo saldría el día del rezado grande porque ya no habría chiquito.
Tercero:	Que no se olvidaran de que ella no era una mujer cualquiera sino su Madre.

Pero desde la noche del beso los hombres se dieron cuenta de que la querían con apetito, con deseo. No, aunque el padre lo dijera ella no era su madre. Por eso todos la habían besado en la boca por medio de la boca de un principal.

Y no tardó mucho tiempo sin que las mujeres empezaran a ver en sus maridos su amor por ella, a darse cuenta de que sólo les servían para desahogarse, para tener hijos, para hacerles la comida y, aunque siempre se habían fijado que no eran blancas, rosaditas, pelo canche y sin trenzas, cuerpo fino y que se entiende, ladinas como ella, ahora esas diferencias pesaban, les dolían. Y empezaron a casi odiarla con respeto, a quejarse con sus hijos, con sus múltiples hijos —yacentes, crucificados, niños, cargadores de cruces— que tenía la iglesia. ¿Qué era eso de que los hombres se enamoraran de la Madre de todos?

Entonces fue cuando se arrepintieron de haber intervenido en la puerta del principal favorecido ese año con la imagen, pensaban que mejor hubiera sido dejar que ellos se agarraran, se la arrebataran entre sí, la despedazaran, aunque fuera un pedazo de madera, una astilla les hubiera tocado a cada uno, una brasa más hubiera sido para el fuego. Las cosas habían llegado al colmo que los celos ocasionaban pleitos en las casas de todo el pueblo y los hijos, al intervenir en favor de sus madres, veían en la Virgen a una madrastra y a los cristos de las iglesias como hermanastros, pero no hermanastros comunes y corrientes, sino como una especie de invasores, de ambiciosos de las tierras que sus padres les dejarían como herencia, como opresores futuros. Y dejaron de ir a la iglesia y de amarlos, y a notar las diferencias en las que sólo habían reparado a medias: que los cristos, a pesar de su morenez y su vida miserable, tenían facciones extrañas y ellos no. Pero por eso mismo también empezaron a amar a la Virgen y a desamar a sus novias, a odiar a sus padres por no amar a sus mujeres, por estarles robando a ellos el amor de la única ladina del pueblo.

Pero todos —padres, madres, hijos— con el amor, el rencor, el odio o los celos en silencio, subrepticiamente, clandestinamente en el corazón, sin sacarlos a los labios: ellas, eternamente bocarriba, pasivas, odiando mientras recibían a los hombres; ellos, amando a la Virgen mientras hacían, se movían sobre sus mujeres, cesaban, se agotaban; los hijos, agarrando de la mano a sus novias, pero por no poder agarrar la de la otra.

¿Quién había sido el hombre que por fin ya no se había aguantado las ganas y había dejado de amar en silencio a la Ladina?

Que se catearan las casas. ¡Qué babosadas!

—No creás que no me alegro. Qué es eso de peliarse por un santo de palo. Por fin demostraron que estaban colgados.

—Y vos con envidia.

(La que más entre todas la mujeres del pueblo. Qué era eso de que adoraran a una Virgen y no a vos que les habías servido para quitarse las ganas y que ahora no te miraran siquiera. Virgen antes y después del parto será su madre, aquí está, sí sigue siendo Virgen, en tanto que vos puta toda la vida tan sólo para que cualquier hombre te sembrara de repente un hijo. Pero no servís, tu vientre está muerto para siempre, no como el de ella que le bastó una paloma, simplemente una paloma blanca pescuezo liso y abrió las piernas y le dejó el hijo. Y los que a vos te entraban eran penes, puros penes venosos, largos, redondos, gruesos, grandes, delgados, pequeños y mitades de hijos que se morían adentro porque el otro pedazo, la otra mitad que vos debías poner, ya desde antes estaba muerto. ¡Mentira que vos lloraras de la pura felicidad! ¡Mentiras que vos te hubieras esterilizado! ¡Mentiras, mentiras, mentiras! Pero los hombres la quieren a ella. A ella, la Ladina, la diz que Virgen a pesar de su hijo, de su quemón de canillas, de que sólo es madera estéril).

Y vos con envidia, dijo, pero también él la sentía. (Porque recordás que vos también te enamoraste de ella, que varias veces estuviste tentado a salir de tu aislamiento, de ingresar a la Cofradía para que te eligieran principal y tener la oportunidad de llevártela a tu casa. Recordás que durante mucho tiempo la visitaste a solas, que entrabas y salías de la casa del cofrade en donde ella se encontraba, que decías que ibas a pedirle un milagro, que le llevabas flores, velas, candelas, que te le declarabas en silencio, que deseabas que ella te contestara, que ya en tu casa la soñabas desnudita en tu cama, que la sentías, que la oías cesar, acabar, que la probabas y no pensando en si era virgen o madre o puta sino mujer blanca, ladina, mujer de otro lado, de la otra raza a la que vos te querías integrar por tu dinero, por la blancura de tu casa, de tu alma, a pesar de la indiez de tu cara, de tu rabadilla, de tu pelo. Recordás que una vez dijiste que con ella sí tendrías un hijo, un hermano de madre del invasor de estas tierras, un divino mestizo aunque después te negara a vos. Recordás que sabiendo que era imposible una unión con ella, con esa madera, buscaste en la ciudad qué pariente suya podría quererte, que buscaste a muchas, que les decías que en tu pueblo tenías tierras, dinero, buena casa; recordás que todas te rechazaron, qué no te miraban siquiera, que sólo te escuchaban las de las cantinas pero que de todas maneras te decían: ¡Indio!, y que entonces fue cuando te conseguiste a ésta que sí te habla; que sí te oye, que sí te amó, que aún podría amarte otra vez; a ésta que es india pero que por lo menos tiene el nombre y el apodo de la que vos adorabas; a ésta, pero no para mujer sino que para sirvienta. Sí, sentís envidia del que se llevó a la Virgen, a la otra Concha, a la verdadera. Sentís envidia porque sabés quién es él, porque sos vos mismo pero al revés, es el diagüevo, no el cobarde).

Serían las nueve de la mañana.

Estaban sentados una frente al otro en la mesa de la cocina.

Ella había llegado con la noticia.

Pero, después de las primeras palabras de ambos, silencio. A cada uno le dolían sus recuerdos. Pero la Concha ya no aguantó los suyos y se levantó de la mesa, se fue al cuarto, agarró su perraje y abrió la puerta de calle. Juan sólo la miró salir.

De noche los pájaros no cantan.

Pero una vez sí cantaron. Como si se hubieran puesto de acuerdo, de todos los árboles –gravileas, izotales, palos de mora, cipresales, nisperales, cafetales, jocotales, a las nueve en punto de la noche, de todos los nidos todos los pájaros –xaras, zanates, clarineros, guardabarrancas, cenzontles, espumuyes, chipes– volaron, rondaron el pueblo en busca de una casa, se posaron en el techo amontonados y ansiosos, y cantaron. La gente dijo: ¡Qué extraño! Pero después entendieron que habían cantado de la alegría de que esa noche alguien iba a dejar de ser virgen. Pero sólo cantaron un rato. Cuando oyeron que el hombre que estaba debajo del techo, en lugar de acostarse con su mujer, roncaba en la otra cama como si no le importara que ella pudiera convertirse en ceniza, desinflaron el buche y regresaron a sus nidos.

De noche los pájaros no cantan, pero hay algunos que sí. Que cantan avisos.

Te canta el piscoy y te tiembla el cuerpo. Creés que algo te va a suceder. Pero si sos indio tal vez ya no creés en los augurios, tal vez tu cabeza ya tiene adentro otras ideas, tal vez vivís en la ciudad, tal vez ya sabés algo de la ciencia que está en los libros. Pero si sos indio y regresás a tu pueblo y salís de noche y oís que te canta el piscoy, se te olvida tu ciudad, tus libros, la ciencia, tus nuevas ideas y decís: Creo en Dios y no en vos, pero creés, te persignás, y durante muchos días estás pendiente de lo que te va a suceder. Tal vez no te suceda nada, tal vez te suceda lo que todos los días: un enojo en tu casa con tu mujer, una herida en el pie o en la mano pero por pura casualidad y sin mayor importancia, un pleito en la cantina o el mismo miedo de que algo te va a suceder. Pero todo, decís, ha sido por culpa del piscoy.

Maldito piscoy, esta vez, sin embargo, a nadie le dijo nada. A nadie del pueblo le dio el aviso de que se iban a hueviar a la Virgen. Después todos se preguntaban por qué ese pájaro que siempre anda metido en esas cosas que se llaman malos agüeros se había hecho el baboso. Y no cabe duda que lo sabía. Tenía que saberlo.

Ahora yo digo que como es pájaro de indio no tenía por qué avisarles a los indios de lo que le iba a suceder a una ladina. Pájaro fiel, pájaro del presentimiento, corazón que vuela, que anda de árbol en árbol viendo para delante, que viene sin que nadie lo mire, le importó poco que fuera la Virgen la que esa noche iba a ser secuestrada, violada y tirada en el suelo. No era a tu mujer ni a tu hija ni a tu hermana a quienes les iba a pasar eso. Tenía que hacerse el baboso.

Del resto de pájaros no hay ni qué hablar. Esos pájaros ignorantes que si una noche cantaron fue porque por pura casualidad presintieron la alegría, esta vez no cantaron ni pío. Tal vez si hubieran sido pájaros españoles. Pero como no, realmente les pelaba la verga que se llevaran o no a la Virgen. Al fin y al cabo que a ellos les bastaba con los árboles, las frutas, los granos, sus nidos, sus pichones, sus huevitos, el aire para volar y lo demás qué.

Pero sí hubo alguien que avisó...

Pájaro de bronce, pájaro importado, pájaro católico y, además, amujerado, la campanona de la iglesia, esa misma noche del secuestro y poco después de que el sacristán diera la oración, por su misma cuenta dio el aviso somatando tres veces su badajo de una manera triste. Pero nadie entendió por qué. Pensaron que los tres vergazos que dio el badajo en la nagua de la campana habían sido obra del viento.

Pero después, cuando al día siguiente, la misma campana, ya ayudada por la mano del sacristán, llamó a todos los del pueblo, enloquecida, y cuando todos llegaron al cabildo y a la iglesia a averiguar qué había sucedido, entonces se dieron cuenta de que ella había sonado sola, sin ayuda de nadie, la noche pasada.

—¡Se han hueviado a la Virgen! —decía en la puerta de la iglesia la Presidenta de la Sociedad de las Hijas de María.

Había llegado temprano con otras sus compañeras, todas cargadas de azucenas, lirios, varsovias, estaticias, cartuchos, para renovar las ya podridas en el altar de la Virgen. Habían entrado platicando mientras se acercaban al camarín, cuando de pronto se encontraron con que éste estaba vacío. Enmudecieron. Pero luego reaccionaron y, viendo que el camarín no había sido abierto con llave, sino que había un pedazo de madera con el que habrían golpeado porque los vidrios estaban rotos, no pensaron en otra cosa más que en que había sido un robo, y entre lágrimas y maldiciones corrieron a avisarle al sacristán, y éste subió despedazándose al campanario y jaló la pita del badajo de la campana que, ya con ayuda, se soltó como debía de ser, alarmada.

Al principio todos pensaron que tal vez se trataba del incendio de algún rancho o que tal vez había venido el señor Arzobispo. Así ocurría siempre.

—¡Señores, se han hueviado a la Virgen! —decían las Hijas de María.

—¿Y quién sería? —preguntaron entre felices y atemorizadas las mujeres, mientras los hombres maltrataban al que se la había robado.

Pero nadie sabía.

Pero a todo ésto, ya había llegado el alcalde, y sus auxiliares y sus ministriles, y el cofrade principal de la Virgen y su enemigo, el otro principal, y todos los demás miembros de la Cofradía, y el encargado de la milicia, y chiquitos y grandes, y mujeres y hombres, y jóvenes y viejos, en fin, todo el pueblo, preguntando, averiguando, maldiciendo, alegrándose, presintiendo males futuros, suponiendo tal vez quién, pensando por qué, decidiendo qué hacer.

—Que se cateyen las casas —dijo el señor alcalde.

—Que se cateyen las casas —respondieron los dos principales y todos los de la Cofradía y todas las Hijas de María.

—Sí, que se cateyen las casas —respondieron todos los presentes.

Formaron a todos los hombres en el atrio de la iglesia, los distribuyeron en grupos de cinco, les dijeron que fueran a traer sus machetes y sus escopetas, que agarraran calle por calle, casa por casa, rincón por rincón, que los que vivían en una calle se fueran a catear a la otra porque todos eran sospechosos, todos, hasta los que ordenaban, que se portaran bravos en las casas donde no quisieran dejarlos entrar y, finalmente, que si alguno sabía quién era exactamente el ladrón que diera un paso adelante para ya no hacer más aspavientos.

Pero nadie sabía.

Minutos después empezó el cateo. Se cerraron las entradas al pueblo, se custodiaron barrancos, estrabillos, puentes. Pocos hombres se hicieron los desentendidos; el resto, como ochenta mil diablos de puros celos, coparon el pueblo. Las mujeres y los niños se partieron en dos grupos: quienes se regresaron a seguir con sus oficios y sus travesuras y quienes se quedaron en la iglesia para ver los acontecimientos.

Pero nadie podía entrar ni salir del pueblo.

Una señora que iba fuera de la aldea, a una finca cercana a buscar a la sustituta de la señora Chus, la comadrona que hacía años había muerto, tuvo que regresarse y el hijo de su nuera nació muerto. Otra señora que iba a dejarle el almuerzo a su marido que estaba en la milpa también tuvo que regresarse y éste cuando volvió a su casa le pegó por haberlo dejado con hambre. Un niño que. Otro niño que. Una niña que. Un limosnero fuerano que. No habían babosadas.

Los hombres entraban y salían de las casas sin nada en los brazos. Las casas se quedaban patas-arriba de la gran revolución que iban a hacer los hombres. Buscaban en los cofres, en los armarios, debajo de las camas, debajo de las ollas que estaban embrocadas; en los árboles, en los hoyos que habían en los sitios; en el pensamiento de los hombres, en los celos de las mujeres, en el odio de los niños. Nada.

Cuando llegaron a la casa de Pascual se detuvieron. Era la última y ya presentían que allí estuviera. Pero en lugar de entrar, tocaron.

Adentro, él oyó que llamaban. Estaba en el altar mayor, tendido sobre una alfombra, con la Virgen desnudita a su lado. Estaban enlazados como perros que no quieren desprenderse, atornillados para siempre. Él se dejaba como chupar, como absorber, como mamar por bajo; ella se deshacía en suspiros, en vaivenes, en movimientos suaves de mar pacífico. Desde su camarín, San José los miraba tieso, acuernado, queriendo apagar los ojos que no podía cerrar, que tenía que mantener abiertos. Del otro lado, el Espíritu Santo, desde un cuadro pintado en un retablo, trataba de salirse de la pintura que lo tenía atado al cuadro. Era un espíritu, no santo sino cualquiera, rojo de envidia.

Seguían llamando en la puerta de la iglesia. Tocaban, querían empujar la puerta y entrar, pero no se atrevían. Ella se prendía más a él. Él quería zafarse para ir a preguntar qué querían, pero ella le tendía sus dos piernas en la espalda como tenazas y lo jalaba más hacia su cuerpo como para desaparecerlo.

En la puerta seguían tocando.

—Soltame siquiera un momentito. Sólo voy a ir a ver que quieren y regreso.

Pero ella no lo oía. Estaba en el último momento.

Entonces, ya no tocaron sino que abrieron la puerta...

Y entraron el alcalde, sus auxiliares y sus ministriles, el encargado de la milicia y los dos principales de la Cofradía y los demás miembros y las Hijas de María. ¡Jesús, las Hijas de María! Entonces, le dio vergüenza y de un tirón se zafó de él, corrió hacia donde estaba su ropa y se puso el vestido blanco, el manto azul, la corona de reina de las vírgenes, de rosa mística, torre de David, arca de oro, salud de los enfermos, refugio de los pecadores... Y les pidió perdón a todos, les dijo que disculparan pero que tenía años y años de haber conocido sólo a la paloma y que de allí en adelante nada, que mentiras, que seguía siendo virgen, que gracias porque la perdonaban, que gracias por no hacerle nada a su momentáneo marido, que sí, que déjenlo, que no tuvo la culpa, que había sido ella quien se le había insinuado y que ni modo, él era hombre. ¿Qué de puritita verdad la perdonaran? ¿De de veras de veras? Ah, vaya. Pues les haría todos los milagritos que quisieran. Pero que eso sí, si con él se había metido había sido por pura casuanecesidad. Que no fueran a pensar que con todos sería igual. Que recordaran que eran inditos. Que otra vez gracias por ponerla nuevamente en su camarín. ¡Gracias, inditos por su buen corazón!

Y EL DÍA LLEGÓ

Y cuando se dieron cuenta de que no estaban muertos, principiaron a reconstruir la aldea, a querer reinventarla exactamente igual a la imagen que tenían de ella en el cerebro desde hacía siglos.

Pero se dieron cuenta de que había que hacerla de nuevo...

Pero ya no hicieron nada...

Si la vieron hasta los ciegos, la oyeron hasta los sordos, hasta los acatarrados la olieron...

No. Nadie llevó la noticia. Todos la supieron al mismo tiempo: no se había regresado al cementerio, andaba suelta en el atrio de la iglesia y los estaba esperando.

Y ellos, corriendo, sudando, atropellándose, cayéndose y levantándose, se dirigieron al centro del pueblo, y en cuanto llegaron y la vieron, inmediatamente, como un milagro, se les encumbró la bragueta y los ojos apenas pudieron ser jalados por el nervio óptico, y las manos parecieron convertírseles en imanes. Y ya no pensaron en el pasado ni en el futuro ni en reconstruir la aldea ni en inventarla de nuevo sino que, hambrientos, sedientos, iluminados, resucitados, amantes, se hincaron alrededor de ella, religiosos, lujuriosos, pecaminosos. Se descubría un nuevo rito, había una nueva reina que los miraba, que iría a darles, ella sí, felicidad eterna con el cielo que traía entre las piernas e hijos eternos porque estarían llenos de muerte y no de vida. Y había que festejarlo.

Entonces, como zompopos ateos, sólo terminaron de arrancar el árbol de esquizúchil que la noche anterior había sido medio derribado por el viento y lo desnudaron de ramas, hojas, nidos vacíos, pájaros muertos, flores del Hermano Pedro y lo alzaron entre todos y, como si fueran cristos pecadores, se dirigieron hacia la puerta de la iglesia, que raras veces se abría, y, tomando fuerza como si quisieran botar la pared del tiempo para vivir en uno nuevo, empezaron a estrellarlo en la madera que crujía a cada golpe negándose a abrirse, hasta que por fin los clavos se salieron de sus hoyos, la aldaba de hierro sonó como eco oxidado y la puerta se abrió en dos como boca de calavera. Entonces, tiraron el tronco y, corriendo como caballos, entraron a la iglesia y tiraron a un lado reclinatorios, cortinas, santos viejos e inútiles para los milagros, vírgenes frescas por fuera pero podridas por dentro, hicieron a un lado evangelios y apocalipsis, génesis y redenciones, bautizos, hostias, cálices, custodias, miedos de la tierra, promesas de cielo, cristos yacentes, cristos todavía crucificados y cristos todavía esperando el paredón del fusilamiento con las armas que dispararían sobre sus cuerpos todavía al hombro, extremaunciones, confesiones, milagros, retablos, campanas, flores, velas, candelas, altares y llevándola a ella en hombros delicadamente como a una virgen de cristal que se pudiera quebrar al menor ruido, no digamos al menor golpe, se llegaron al camarín en donde estaba la otra, la de Concepción, y la sacaron, la despojaron de su corona, de su manto, de su vestido y luego la escupieron, la ultrajaron con palabras de puta aquí y puta allá, la machetearon, la tiraron en un rincón con las demás cosas viejas de la iglesia y después le procedieron a ponerle el vestido, el manto, la corona a ella, la nueva virgen, la colocaron sobre el anda, la adornaron con luces de huesos, con flores de huesos, con aserrín de huesos y la sacaron en procesión.

Era el rezado.

Sólo que un rezado sin loas, sin niños vestidos de ángeles, con campanas que en lugar de repicar alegremente doblaban a muerto, sin bombas voladoras, sin cuetes, con disparos de escopeta y chilín de machetes.

Pero las mujeres decidieron rescatar a su maridos, a sus novios, a sus padres, a sus hermanos, a sus hijos, y se apostaron en la primera esquina, y cuando la procesión asomó los llamaron con ruegos, con señas, con lágrimas, pero los hombres, en lugar de hacerles caso, las tomaron de las trenzas, las arrastraron, les rasgaron los vestidos y con leños y machetes y bofetadas les dieron en el rostro, en los senos, en el sexo, en las nalgas, en las piernas, en los brazos, hasta dejarlas bocarriba o bocabajo echando sangre y luego, pasando sobre sus cuerpos, sobre los llantos de los niños, sobre amores y fraternidades y maternidades, prosiguieron la procesión por las calles del pueblo.

Y era triste el rezado. Y causaba rabia ver que, subiendo y bajando las calles y en hombros de todos los hombres y con faroles de huesos para iluminarla, con humo de huesos para incensariarla, fuera la antimujer y pasara sobre la tierra que habían hollado todos los antepasados, sobre sus recuerdos, sus nombres, sus apellidos, sus sueños y sobre sus muertes.

Pero no se podía hacer nada. Era ella y su cofradía, la de la Muerte.

Sin embargo, todavía faltaba algo peor. Porque cuando terminó de recorrer el pueblo y llegó nuevamente a la plazuela y antes de que fuera subida al atrio de la iglesia y echara la bendición como lo hacía cada año la otra, pidió ser llevada a la única pila que había y que estaba frente al cabildo y a un costado del templo. Tenía sed de vida y quería empezar a matar ya. Fue obedecida. Y en cuanto nomás divisó el líquido, como si sólo hubiera resucitado para eso, como si viniera desde muchas leguas atrás sólo en su busca, saltó del anda, corrió velozmente entre de la muchedumbre de hombres que le formó una calle de cuerpos y se embrocó sobre la pila para beber un sorbo con el que se puso a jugar al ratón y al gato adentro de su boca, mientras el agua, al verla reflejada en su piel, empezó a perder su color de cielo.

De pronto se quitó la corona, la capa, el vestido y, antes de meterse a la pila, por un instante se volvió a ver tal cual era, con toda su mirada de lodo más vacía que negra, con todos sus huesos fragmentados como blanco alambrado de púas y con todo lo mejor que tenía: el pozo de su sexo que era la única parte de carne, de carne negra donde los presentes desearon hundirse para desde allí ver el otro mundo y ahogarse y podrirse.

Sin embargo, había sido tan rápido su estriptis que pocos pudieron verla y entonces, goteando semen los maduros y los jóvenes, y los más viejos orines en lugar de semen, empezaron, primero a empujarse para ocupar el lugar más cercano a la pila, y después, sacando machetes y escopetas, empuñando las manos, agarrando piedras y palos, formando grupos de padres contra hijos, de compadres contra compadres, de hermanos contra hermanos, de amigos contra amigos, se pusieron a pelear como bestias, mientras que el agua, asesinada de pronto por un calor frío, primero, perdió definitivamente su color de cielo y después se convirtió en huesos de agua hasta que finalmente sólo fue polvo de huesos de agua, cuya ceniza la dispersó el aire, quedándose la pila como si fuera una tumba que todavía no ha tenido adentro ni un solo cadáver.

Pero nadie pensó en el agua, ni en la futura sed, ni en que la muerte del agua principió en la pila, subió por el chorro, corrió adentro del tubo y llegó hasta el nacimiento en el cerro del Cucurucho, porque todos hacían retazos el aire con sus machetes, disparaban contra cualquiera, herían, mataban, maltrataban, gritaban, crujían de pura calentura, de puros celos y sólo algunos, a falta de no poderla besar, sobar, coger, morirse encima de ella, agarraban puñaditos de tierra, la besaban y se la tiraban.

Pero nadie vio que se hizo. Porque cuando por fin terminó la batalla, en el quebradizo silencio, sólo se escuchaba el silencio de los que habían muerto, los quejidos de los que agonizaban, de los sobrevivientes que, trastrabillando, trataban de levantarse y caminar, y más tarde, en la cantina o en las tripas de las calles, otra vez el chilín de los machetes y el ruido seco de los disparos, el adiós de las vidas, el silencio cuando ingresaban a la otra orilla, el silencio de esa orilla, el llorar de las mujeres que desfilaban buscando cada quien el cadáver que les pertenecía, el cansancio, la muerte, el silencio final.

—Se lo hubieran llevado a la cárcel.

—Le tenían miedo. Pensaban que de allí hubiera salido pior. En la cárcel los hombres se vuelven más animales.

—Pero no se hubieran manchado las manos. Para eso hay justicia, hay jueces, hay un ejército que fusile.

—Vos pensás como si fueras juez, como si fueras ejército. Parece como si fueras del lado de ellos.

—Pero por lo menos lo hubieran entregado a las autoridades para que se lo llevaran al manicomio.

—Seguís hablando como si no fueras de aquí, como si tu cara y tu apellido no te denunciaran. Te equivocás. ¿Acaso era un loco, pues?

—¡Pero tratar de violar a la madre de Dios! Claro que era loco.

—Vos no entendés. Como no bajás de tu altar, como no te relacionás con nadie, no ves lo que hay en el corazón de los hombres de este pueblo. Allí no hay amor de hijos sino deseo, purititas ganas de cogerla.

—¿A la madre de Dios, a nuestra madre santísima? Persinate la boca.

—Es que ella no es nuestra madre. Ella es una mujer ladina cualquiera, pero puesta aquí para darnos carita, una ladina de pueblo, qué se entiende. La prueba está en que vienen de la ciudá y entran a la iglesia y la ven como si nada. Claro, no es la Virgen de su Catedral, no es siquiera una putita de sus cantinas. En cambio aquí todos se desviven por ella, le hacen grandes fiestas, la tienen como la Reina, pero ya se sabe por qué —parecía como si al hablar se estuviera vaciando, como si se estuviera desangrando una herida antigua pero aún fresca—. ¿Sabés una cosa? Yo me he fijado en eso: en la ciudá los hombres de aquí buscan en las ladinas la cara de la Virgen, aquí buscan en la Virgen la cara de las ladinas. Por eso la Virgen es la Reina y ellas la niña tal, la seño tal. En cambio, nosotras somos la Juana, la Concha, la Venancia. ¡Las gallinas del patio! ¿Sabés una cosa? —sus ojos se iluminaron de una luz desconocida, como de otro mundo, de otra sangre: No te quiero...

Pero no necesitaba decírselo. Él ya lo sabía.

—Porque no te manchás las manos con mierda...

Creyó que no era la voz de la Concha, que era la de su madre que siempre le había reprochado esas sus maneras higiénicas de ser, ese su no rozarse con las cosas del mundo, esa su condición aérea, mañas de no parecer hombre que había adquirido en el seminario donde un padre se lo había llevado para que estudiara sacerdocio. Se había ido niño indio, aunque su tata tenía dinero, y había vuelto adolescente, cargado de otro mundo, de otras costumbres.

—Y por hueco.

Se sintió como palo de jiote, sólo madera hecha de cáscaras, de pellejos que se pelaban, árbol inútil, inservible siquiera para leña.

Sólo él y su casa y su patio. Nada más.

Se había ido la sirvienta de su soledad y ahora su voz, que preguntaba por ella a las cosas, rebotaba

en las paredes de regreso a su boca para enmohe-
cerse allá adentro y ya no salir nunca, para enmu-
decerlo. Sus ojos se vaciaban sobre el cofre vacío,
abierto a propósito por ella como para dejarlo ciego.
Sus manos tocaban lo que no había, agarraban fuertemente ausencia, se manchaban de nada, tomaban
nada más alguna cosa dejada allí por olvido, como
por ejemplo un poine, algunos hilos de su largo pelo.

–Recogeré todo. No le dejaré nada de lo que traje:
este vestido viejo, este calzón, estos listones, estos
caites, este fustán, este cotón, esta gabacha. Y
cuando llegue a la puerta me sacudiré los pies para
no llevarme ni siquiera un poquito de polvo. Lástima
que no pueda llevarme la tierra que traje cuando entré
aquí por primera vez.

Sus pies buscaban el otro par de pies, andaban
locos de un lado para otro oliendo su huella, su última
huella. De pronto, sus ojos cayeron sobre un montón
de ceniza, en un rincón del patio.

–¿Y esto?

–Todo lo que él me dio se lo dejaré. Pero lo quema-
ré para que no le quede ni mi recuerdo. Para un
hombre como él bastan las cenizas. Pasa el viento y
se las lleva.

–Éstas parece que son las cosas que yo le regalé.
Zapatos, buena ropa. Sí, éstas son. Las reconozco
porque algunas no se quemaron totalmente. Es
increíble, pero fue capaz de meterles fuego. No me
dejó nada de ella. O tal vez...

Y buscó su costumbre, la de ir a vaciarse después
de cada comida, pero no al excusado sino debajo de
cualquier cafetal de los que había adentro del sitio.
Pero no había dejado ni eso.

–Tengo ganas de ir a hacer una mi necesidá, pero
mejor me voy a aguantar. No importa que la haga en
la calle y me mire la gente. Pero no le voy a dejar ni
mi mierda.

Más tarde, cuando se dio cuenta que ella se había
ido totalmente y para siempre, creyó mejor acostum-

brarse a su primera soledad. Y trató de desmemoriarse, de querer matar la parte del tiempo en que había vivido acompañado. Pero en cada lugar, en cada rincón de la casa estaba su olor, su calor.

Su olor...

—No te quiero porque no te manchás las manos con mierda...

Pero él sabía que su color moreno estaba lleno de pájaros.

Su calor...

—Y por hueco.

Si tan sólo la hubiera probado siquiera una vez.

Y deseó en ese instante también él tener ganas de ir a hacer una su necesidad, pero tampoco al excusado sino bajo un cafetal y sacarse el pajarito y parárselo y meterlo en la porquería. Pero sus tripas estaban vacías.

Se acostó tarde. Y...

¿Abrieron la puerta de su sueño o la puerta de su cuarto? Pero si no cerró los ojos. O, bueno, sí los cerró, pero no para dormirse, para apagar la oscuridad de afuera, para buscar la blancura de adentro: luna blanca, luna de papel blanco, alma redonda flotando en medio de la oscuridad redonda, pero en medio de esa luna redonda flotando en medio de la oscuridad redonda él sólo él y pequeñito, más pequeñito que el que lo pensaba adentro de su cabeza, más pequeñito que el que estaba pequeñito adentro de la cabeza, más pequeñito que el pequeñito que estaba adentro del pequeñito que estaba adentro de la cabeza, más pequeñito que el pequeñito que estaba pequeñito adentro del que estaba pequeñito adentro de su cabeza...

Mejor abrió los ojos. Entonces, la cosa se normalizaba. Entonces, en la oscuridad, ya la cosa era diferente. Entonces, tenía su tamaño natural y hasta era más grande que los objetos que se entreveían a su alrededor. Por ejemplo, allí tirado sobre la cama, las vigas de la casa eran astillas, la puerta era puertecita de una casa de enanos, su cama era camita de un enano, su cuerpo era cuerpecito de un enano y sólo él, desde donde miraba todas las cosas pequeñas era grande, enorme, gigantón. Grande según los ojos le decían que las demás cosas eran pequeñas. Gigantón desde su horizonte. Podía alargar su manita enorme y tomar los objetos, hacerlos pedazos. Grande desde su cabeza. Pero no, puras babosadas, estaban distantes...

Mejor abrir y cerrar los ojos. No tenerlos mucho tiempo cerrados porque uno se ve pequeño, no tenerlos mucho tiempo abiertos porque uno se ve grande. Mejor abrir y cerrar los ojos, mejor abrir y cerrar los ojos, mejor abrir y cerrá los ojos, mejor abrí y cerrar los ojos, mejor abrí y cerrá los ojos, mejor abril y cesá los ojos, mejor abril nací y aserrar los ojos, mejor abrilocho nací abril locho nací abril locho nací jesús qué digo jesús abrilocho no jesús abrilocho no que pecado mejor cerrar los ojos mejor aserrar el ojo mejor asesinar al otro al otro no ya lo mataron como coche lo mataron no como coche no como coche comen eme de Juan Caca los coches su carne es sucia no como carne de coche nací el ocho el ocho de abrilocho el ocho el otro el otro no ya murió como coche abrió los ojos y los cerró como coche aserraron sus ojos asesinaron sus ojos cesaron ni cerró el ocho ni tiempo le dieron para cerrar el ocho pero de día no de noche no de noche si es de día uno se ve pequeño pequeño adentro del pequeño pequeño adentro del pequeño adentro del pequeño no mejor abrí los ojos no te ves grande mejor cerrá los ojos no te ves pequeño mejor abrí y cerrá los ojos mejor abril y aserrá tus ojos mejor aserrá tus ojos en abril mejor cesá tus ojos en abril mejor...

—¿Quién?

Quien ¿? llegaba metió la mano, a saber cómo, en alguna rejindidura de la puerta, quitó el pasador mientras él permanecía inmóvil del ¿miedo? ¿sueño?, abrió lentamente la puerta como para no ¿despertarlo? ¿asustarlo?, la cerró suavemente y, sin somatar los pies en el piso, como en el aire, empezó a caminar hacia su cama.

Lo recordaba: en la semioscuridad del cuarto alcanzó a ver el cuerpo que se acercaba, el cuerpo blanco, sus hermosas caderas, así de paraditas, levantadas; sus piernas que se parecían a las viejas palmeras que había en el atrio de la iglesia, su rostro de ¿vieja?; sus pasos que dejaban una como estela de polvo blanco que iluminaba un poco el cuarto, que oscurecía el día que siempre había en su cabeza, que mataba la luz del altar de los santos, su luz...

—¡La luz! ¡La luz! —recordaba que había dicho, pero la vela eterna se volvía mortal pasando del amarillo al verde y del verde a la nada.

—¡Luz, luz, luz!

Y la mujer avanzaba.

Y él estaba inmóvil, como atado a su cama del ¿miedo? o ¿sueño?

La mujer llegó junto a él, levantó las chamarras, se tendió a su lado, dejó caer las chamarras sobre los dos, se voltió hacia su cuerpo y entonces sí que cerró los ojos, entonces sí que fue puro sueño.

¿O todo sucedió en el sueño pero no como sueño?

Porque entonces sí la cabeza se le puso negra, la noche se trasladó de afuera a dentro de su cabeza y...

Pero sí recordaba que...

siento que... mete la mano adentro de mi calzoncillo, siento que... me soba lo que ni yo mismo me he sobado, siento que... le baja y le sube la capita, siento... una cosa sabrosita que nunca había sentido ahora que me lo soba, siento que... ahora abre las canillas, siento que... sus canillas me queman, siento que... en medio de sus canillas hay pelitos como los que yo tengo, siento que... más abajo de los pelitos hay un cuevita, siento que... mi pajarito ella lo hace volar con dirección a esa cuevita, siento que... mi pajarito entra a la cuevita, siento que... esa cuevita es caliente, resbalosa, siento que... esto parece el puro cielo, siento que... cómo es de sabroso, creo que... el cielo no está allá arriba sino aquí abajo, debajo, siento que... ahora ella me jala más, me abraza, me besa, me asfixia, jesús, qué rico, qué sabroso, siento que... ahora me aleja ahora me jala ahora me aleja ahora me jala ahora me alejo ahora te jalo ahora me alejo ahora te jalo ahora me alejo ahora te jalo ahora me alejo te jalo me alejo te jalo me alejo te jalo jesús qué sabroso me alejo te jalo me alejo te jalo me... voy a morirme... voy a ir de este mundo... me... voy a... irir... ir... ir... i... r...

Se sintió zarco.

Y también recordó más que nunca todo el tiempo perdido junto a la Concha.

Pero, rico y todo, ¿abrieron la puerta de su sueño o en verdad la puerta de su casa?

No sintió ni a qué horas abrió los ojos. Cuando miró bien el sol ya estaba muy alto. ¿En qué momento se habría ido ella? ¿O no habría venido? Y mientras se daba cuenta de la mañana porque el sol le ardía en los ojos y que había dormido más de la cuenta, también se miraba que no tenía puesto el calzoncillo y olía que un olor a pescado enconchinaba sus ponchos. Los revolvió en busca del mar que se había trasladado a su cama y del calzoncillo. A éste lo encontró tirado debajo de la cama e inmediatamente se lo puso para taparse el pajarito que parecía que como que le había crecido, pero el mar no lo encontraba. Entonces, se dio cuenta de un nuevo olor, el olor de algo, de ¿la mujer?, olor especial que trascendía de los ponchos a la casa, de la casa al corredor, del corredor a la calle.

—No, no fue sueño. De verdá, una mujer se durmió conmigo.

¿Quién? ¿La Virgen de Concepción de carne? ¿La Virgen de Concepción de madera que se habría vuelto de carne sólo para él? Bueno, no le importaba eso ahora. Sólo el olor que lo transformaba en perro en brama. En perro con rabia de brama. Que vinieran todas las mujeres del pueblo. Y la Concha virgen. Y la Concha puta. Pero ahorita. Bueno, mejor después. Ahora iría a buscar a la mujer que lo había violado tan ricamente para saborearla otra vez, para agradecérselo.

Se vistió rápidamente. Y se lanzó a la calle como un perro tras el perfume de un hueso, persiguiendo el olor, siguiéndolo, agachándose a cada rato para olfatear la tierra cuando se le perdía, olfateando las piedras, la basura, las popitas, la mierda, pues ella había puesto su pie sobre las plastas. El olor lo conducía hacia la plazuela y conforme se iba acercando a ésta era más fuerte, como de tierra mojada y madera vieja, como de flor de campánula y amor conocido pero olvidado. Subió las gradas y llegó a la plazuela. El olor le pegó duro en la nariz y creyó que se ahogaría. Pero todavía alcanzó a ver que en ese instante muchos hombres, todos los hombres del pueblo, excepto él y Pascual, amontonados, también rabiosos, en brama, y armados con machetes y pistolas, sacaban en hombros de la iglesia una rara procesión en cuya anda venía... no puede ser... pero... venía...

–¡Mi nana! ¡Mi nana!

Tu madre...

–Juan, ya estás grande. Ya tu cara se está arrugando como una máscara. ¿No te has visto?

–Sí, nana. Ya me he visto.

–Juan, ahora mirame a mí. Aquí como me ves junto al fuego, no sabés qué penas paso para hacerte la comida. Ya apenas doy de sí.

–Sí, nana, me doy cuenta.

–Y he contado mis días y me he fijado que ya hasta me pasé de estar, aquí, en la tierra. A veces creo que ya me he muerto y que sólo porque te veo solito me regreso.

–No, nana. Todavía está viva. Le cuesta vivir, sí, pero está viva.

–Ah, pero te aseguro que no pasaré este verano.

—No, nana, no diga eso. ¿Qué voy a hacer yo sin usté? Sólo morirme.

—No seas bruto. Vos no me has entendido. Lo que yo quiero decirte es que debés conseguir mujer.

—No, nana, no diga eso.

—¿Por qué no?

—Es que yo no nací para tener mujer, nana. Usté lo sabe bien, nana.

—No seás baboso. Además, ¿quién te va a hacer tu comida, quién te va a lavar tu ropa, quién te va a cerrar los ojos cuando te murás? Necesitás una tu mujer para que te dé aunque sea un tu hijo. Vos sabés que aunque mi vida es triste me quedás vos. Si no, ¿quién me enterraría? Porque estás vos sé que empezaré a podrirme pero ya adentro de la tierra.

—Pero yo aguantaré solo, nana. Yo podré hacerlo todo solo. No se preocupe por mí.

—Así creés, vos. Pero mirá, salí al patio y mirá el cielo. Oigo un ruido. Anda a ver, por favor.

Salió al patio y miró el cielo.

—Son los azacuanes, nana. Ya van de regreso —y volvió a la cocina.

Entonces su madre le dijo:

—Juan, prométeme una cosa.

—Sí, nana, se lo prometo.

—Bueno, la cosa es que en cuanto yo me muera vos tendrás mujer aquí en tu casa.

—Nana, si todavía va a vivir.

—Juan, ya los azacuanes pasaron de regreso. Así que andá volando a buscar quien me reza. No quiero morir sólo así.

—No, nana. No me diga que sabe adivinar el día de su muerte.

—Juan, no quiero andar penando. Quiero entrar directo al cielo y no regresar a ver que vos también estás penando. Juan, hay tantas mujeres en el pueblo. Jóvenes, solteras, viudas, hasta viejas. Cualquiera de ellas se moriría por venir a vivir a tu lado. Lo sé, me lo han dicho. Además, vos mismo te vas a dar cuenta de la falta que te va a hacer una tu mujercita.

–No, nana, no.

–Recordá que me lo prometiste.

–¿Cómo va a ser eso, nana?

–Pero, Juan, ¿qué te pasa? ¿Por qué me contestás si yo no te estoy hablando?

–¿Que no me está hablando, dice? Entonces, ¿quién es? –y buscó a la dueña de la voz en la cocina, en el cuarto, en el patio, pero no la encontró. Entonces, ensayó decir lo que había oído que le estaban diciendo porque retenía el tono de la voz, pero al hablar se dio cuenta que había sido él mismo.

–Puches –dijo.

Y desde ese día empezó a oírse, a controlar si se imaginaba que había alguien frente a él para no hablar. Sin embargo, por eso mismo se sintió más solo, más distante de todo el mundo. Y miraba su casa, su patio, se miraba a sí mismo.

Una noche, por fin, creyó que reventaría. Por eso mismo, a la mañana siguiente, bajó a la ciudad vestido con sus mejores ropas a caminar por todas las calles. A mirar a las mujeres. A saludarlas. A tratar de abordarlas. A soportar sus risas, sus burlas. A ir a las cantinas. Pero no a beber. A platicar con las putitas que sí lo escuchaban, pero que también se reían de él, también se burlaban. Durante días. Meses. Un año. Pero, derrotado, pensó que era mejor buscar en el pueblo. Y compró un cuaderno para anotar en sus páginas el nombre de cada una de las que podían ser sus posibles mujeres. Se puso a averiguar sus historias, saliendo todas las tardes a platicar por primera vez con los hombres, mirando para adentro de todas las casas, husmeando, olfateando, calculando, comparando, meditando y llegando a la conclusión, a cada regreso a su casa, de que todas eran como él las había visto siempre: o fuertes, hombronas, o chiriviscudas, secas, simples, o ambiciosas, necesitadas, hambrientas, feas.

Pero entonces descubrió que, durante la noche, grupos de hombres ansiosos, calientes, agarraban siempre rumbo al final de una calle. Que allí había una puerta. Que después de esa puerta había un patio. Que después de ese patio había un rancho. Y que los hombres sólo empujaban la puerta, atravesaban el patio, entraban al rancho, y que al poco rato regresaban, agotados y alegres. Dispuso averiguar quién era ella y una mañana en que pudo verla se dio cuenta que se parecía a la que amaba en secreto. Sólo que era morena e india. Entonces se puso a observarla durante mucho tiempo y a averiguar su historia completa.

—Es pura gallina, sólo que no puede tener pollitos —se dijo—. Es la que me conviene.

Epi... tafio

Le quitó la pita a la puerta de calle, la pita que la gente sólo jalaba cuando iban a pedirle maíz, frijol, flores, limosna, y le puso una, dos, tres trancas para que nadie entrara. Luego, entró a su cuarto y encendió un fósforo para prender la vela del altar de los santos, pero la mecha no quería recibir el fuego, parecía un chorrito de hielo que estaba feliz de ser hielo. No hallaba qué hacer. Temía a la luz del día y la oscuridad del cuarto le hacía presentir que vendría, que volvería, que lo empujaría a la cama y que otra vez lo vencería.

Se tiró en la cama, pero ésta seguía teniendo el olor de ella. Se hincó frente a los santos, pero el altar también seguía teniendo el olor de ella. La casa seguía inundada de ella, de su perfume.

Entonces, se dio cuenta de que su miembro no parecía habérsele desmayado. Lo sentía tenso en sus venas y en sus nervios. Estaba irremisiblemente parado, a pesar de que él lo doblaba, le echaba saliva para vencerlo, le pegaba duro como si fuera un hijo, un hijo rebelde que ha conocido la maldad. Lo maltrataba.

Pero se olvidó de su miembro cuando oyó pasos en la calle. Por la fuerza de los pasos parecían hombres. Por la solemnidad con que venían, una procesión. Una procesión de silencio. Oyó el silencio. Y se hizo un nudo. Pensó que por ser hombres empujarían, derribarían la puerta, entrarían, y entonces sí sería como el fin del mundo. Entonces sí se le aguadó el pajarito y trató de matar su respiración, de apagar los latidos de su corazón, y se tapó los oídos, pero como a pesar de todo eso seguía oyendo que la procesión avanzaba, que se acercaba a su casa, deseó morirse y ser enterrado en ese mismo momento no en ninguna parte de la tierra sino en el aire, como globo.

Pero la procesión no se detuvo. Pasó por su casa como si nada, como si allí todo estuviera consumado.

No sabía cuánto tiempo llevaba encerrado. No quería pensar, quería olvidar, vaciar su cabeza de todo lo que tenía adentro, dejarla realmente en blanco, no quería comer a pesar de la bulla de sus tripas, ni oler a pesar del perfume que lo trastornaba, que hacía que su pajarito se volviera a parar de vez en cuando, no ver, no oír, no nada.

Pero en eso fue lo de las mujeres. ¿Antes o después de la procesión o al mismo tiempo? No sabía. El tiempo sucedía afuera, pero no adentro de su cuarto. Pero sí fue después. Oyó que tocaban en la puerta. Que tocaban y volvían a tocar. Que a los toquidos se mezclaban voces agudas y lloros. De mujeres, de niños. Que ¿qué querían?

De pronto, empezaron a pedir así, a gritos desesperados.

—¡Maíz! ¡Frijol! ¡Maíz! ¡Frijol!

Tenían hambre. Querían su maíz y su frijol. Que se murieran de hambre.

Pero ahora ya no tocaban. Empujaban la puerta. La derribaban. Entraban corriendo como animales. Se dirigían a la troje. Hacían bulla. Alegres, felices. Salían. Con todo el maíz y el frijol en canastos, en los delantales, en las bolsas. Pero ahora recordaba. Ese maíz y ese frijol desde hacía días había empezado a podrirse. De todas maneras se morirían de hambre. Que se murieran. Él era él y no esas mujeres y esos niños. Ladrones de la casa blanca.

El tiempo siguió sucediendo pero no adentro de su cuarto.

Sin embargo, cuando se dio cuenta de que otra vez empezaba a correr también para él, creyó que ya se había purificado y abrió la puerta del cuarto para que se fuera el perfume que le había dejado su madre. Pero el perfume no se iba. Se había quedado adentro para siempre y era como un nuevo oxígeno. Lo comprendió cuando salió al corredor y sintió que le molestaba el aire, el olor de las flores.

Pero, por inercia, del corredor caminó hacia la puerta de calle. De la puerta de calle hacia la primera esquina. Y decidió regresar. Pero, por inercia, sus pies se lo siguieron llevando por las calles del pueblo. Pero así, ya pacificado por dentro, ya puro, ya sin angustias.

Pueblo increíble. Ya no parecía el nacimiento de Navidad que era. Parecía como destruido. Como si sobre él hubieran caído bombas, hubiera habido guerra.

Y de las puertas de los débiles ranchos, de las casitas de adobe salían sólo niños, mujeres, perros, gatos, gallinas, pollitos, chumpipes, patos a observarlo, a verlo como a alguno que ya no fuera de este mundo, como a un espectrofantasma-aparecido. Lo señalaban, hacían comentarios de él con su silencio, con sus lágrimas. Algunos parecían reírse.

Sólo niños, perros, gatos, mujeres, pollitos, chumpipes, patos, gallinas. Y ni un hombre. Sólo él, el una vez manchado de mierda pero vuelto nuevamente purificado por la soledad.

Se sintió extraño. Extraño frente a la alegría lacrimosa, enlutada, fraterna de los únicos seres del pueblo: niños, mujeres, pollitos, gallinas, patos, chumpipes, perros, gatos, perritos, gatitos. Y ni un hombre. Sólo él bajo el cielo quieto, pacífico, azul, etéreo, espejo de su persona. Sólo él bajo el sol que rotaba como la hostia de un Dios impoluto.

Empezó a doblarse, a meterse en sí mismo y a salirse, a salirse y a meterse, a mirarse en los que lo miraban y a no mirarse al mirarse, a carcomerse por dentro a torrentes, a derrumbes. Iba despacio por la calle y rápido por su alma. Era y no era. Estaba y no estaba. Había perdido la tierra y ahora se sentía menos en paz espejo fragmentado por la piedra de su soledad, su terrible soledad en medio de la multitud —niños, mujeres, perros, gatos, patos, chumpipes, gallinas, pollitos— que lo miraba, que lo señalaba, se reía de él con lágrimas, con silencio.

Cuando volvió la vista todos lo seguían a prudente distancia. Él se detuvo. Todos lo mismo. Volvió a caminar. Ya nadie lo siguió, entraron uno a uno a sus casas. No obstante, siguió sintiendo los ojos de todos como ganchos clavados en su cuerpo, desgarrándole la ropa, arrancándole la carne, penetrando hasta sus huesos, hasta el tuétano de sus huesos.

Entonces pensó que por qué no les había hablado. Lo pensó pero no lo dijo con palabras. No pudo. Trató pero no pudo. Sólo podía pensar.

Y pensó: Puches.

Y volvió a pensar: Puches, cuando sintió que algo como sanguaza mojaba su pantalón, una cosa pegajosa, fea. Apresuró el regreso. Y en cuanto llegó a su casa, se bajó el pantalón y el calzoncillo y se miró. Sí, se le estaba pudriendo, se le estaba cayendo por pedazos.

Y estaba solo.

Entonces, para consolarse, buscó a su otro. La irrealidad de él, la falsedad de su carne. Buscó el espejo que era otra de las únicas cosas que le había dejado la Concha. Quería que siquiera el otro lo acompañara. Se paró frente al pilar, pero con miedo, sin mirarse todavía, sólo asomando la cara poco a poco. Cuando creyó que ya estaba todo él del otro lado, atravesó los ojos para saludarlo, para que lo saludaran, para que le dijeran que no tuviera pena, que estaba Él con Él acompañándolo. Pero del otro lado sólo estaban sus huesos, sólo su calavera recién muerta, con algunos pedazos de carne todavía, pero muy mínimos, apenas retacitos podridos.

Ya no pudo pensar.

Prólogo

Porque, desde que poco a poco, como un pájaro inmóvil y sin nombre, venido al mundo sin necesidad de huevo y al que le nacieran, primero, sólo los huesos, luego la carne y finalmente las plumas hasta quedar parado como fósil vivo, la iglesia fue emergiendo de sus cimientos hasta quedar pintada de blanco como paloma de Castilla y a su alrededor aparecieron, como pichoncitos de paloma espumuy, los ranchos, en este pueblo nunca había ocurrido nada.

Y sólo de repente, el doblar de las campanas rompía el trapo detenido del aire y el avemaríapurísimasinpecadoconcebida detrás de algún ataúd como empujándolo para que navegara pronto en el polvo.

Y un año, sobre los surcos, donde siempre las matas de milpa y las plantillas de frijol decrecían como si en lugar de elevarse hacia el cielo se hundieran más en la tierra, de regreso a la semilla, las cañas engordaron y se alzaron en vicio, verdes hasta casi lo azul, hasta casi la oscuridad, y las matitas de frijol se explayaron en los espacios que había entre cada surco, de tal manera que la gente no tenía ni dónde pasar porque los bejucos y las hojas llenaban todos los terrenos como si fuera una invasión verde. Y cuando fue la cosecha todos tuvieron que auxiliarse para recoger tanta mazorca y tanto grano de frijol y llevar tantos costales y tantas redes y tantas bestias y tantos mecapales y tantas carretillas de mano y utilizar hasta a los hombres más viejos y a los hombres más niños para poder acarrear todo a las casas, donde las pequeñas trojes, creadas sólo para cosechas raquíticas, se llenaron hasta el copete y hubo que dejar parte en los patios, tirar las mazorcas podridas para que no hicieran malobra, tirar el frijol-garrapata que antes se lo comían aunque tuviera gorgojo, vender bastante en la ciudad, regalar a los vecinos que no lo querían y hartarse de tal modo de sólo maíz y frijol hasta aburrirse de la misma comida, sin que por eso los granos disminuyeran.

Y los árboles de anona, árboles chiriviscudos, esqueletos de árbol siempre con sólo dos o tres frutas, se poblaron de tantas como cabezas de niños había en cada casa, y los palos de aguacate ya no daban de sí de tanto peso carnoso que les colgaba, y sobre los palos de cereza parecía que hubiera caído un tupido granizo rojo que los cubría totalmente, y los palos de níspero, de jocote, de manzana parecían que no fueran de verdad, parecían de mentira, como si estuvieran jugando porque las frutas no se veían colgando de sus ramas sino del cielo, como en el aire. Y la gente no hallaba qué hacer. Cortaban las frutas, pero los árboles no se vaciaban. Y los niños se daban gusto sin que sus tatas los regañaran. Y los pájaros también se daban gusto, pasaban día y noche empachándose, empollando pajaritos por montones para que también consumieran todo lo que había en abundancia en los árboles, y es posible que hayan mandado emisarios a otras tierras porque de pronto aparecieron en los terrenos pájaros nunca vistos, nunca nombrados ni por el recuerdo. Y llegaron niños de otros pueblos a ayudar a los pájaros y a los niños de aquí. Pero de todas maneras fue imposible. Ni pájaros ni niños ni gente grande pudieron vaciar los árboles. Y, entonces, éstos dejaron caer sus frutos, pero no poco a poco como debiera ser conforme maduraran, sino como lluvia, de pronto, y de un día para otro se quedaron totalmente desnudos. Y en los surcos, también de un día para otro, sólo quedaron pepitas, semillas que se podrían, que se volvían tierra, que anunciaban que nunca se convertirían en árboles. Y los pájaros extranjeros huyeron con todo e hijos y sólo dejaron algunas plumas perdidas. Y los niños de los pueblos vecinos también se fueron. Y sobre los terrenos los árboles se veían desolados, como pintados de negro sobre el cielo, como cadáveres.

Y, entonces, en las trojas las mazorcas de maíz se pusieron a hervir de palomillas que las convirtieron en poco tiempo en puro polvo y los toneles de frijol se llenaron de gorgojos que dejaron de los granos sólo cáscaras.

Y un día, un mediodía, en la casa de Juan Caca, la casa blanca, el gallo, único animal que existía en el patio, gallo sólo para lujo, hermoso, brillante, orgulloso, blanco, mientras la Concha le daba su maíz, se puso a cacaraquear como gallina y luego buscó un nido y se echó sobre él como si de repente se le hubiera ocurrido poner huevos.

Entonces, esa noche, primero fue el viento...

Faldas del Pacaya, mayo de 1970.
Faldas del Hunapú, junio de 1972.

El tiempo principia en Xibalbá se termino de imprimir en los tallers de *Magna Terra S. A.* en agosto del 2003